도수영

2020년 《실천문학》에 단편소설 「모두의 안녕」을 발표하며
작품 활동을 시작했다. 15년 동안 초등학교 교사로 재직했으며
현재는 소설 쓰기에 전념하고 있다.

작고 귀엽고
통제 가능한

작고 귀엽고
통제 가능한

오늘의 젊은 작가 49

도수영
장편소설

민음사

차례

1 돌아온 햄스터　7

2 햄스터 잠들다　51

3 달려라 햄스터　75

4 작고 귀엽고 통제 가능한　115

5 골든　135

작가의 말　169

해설 | 임지훈(문학평론가)　173
통제의 욕망과 불가능한 충동의 사이에서

돌아온 햄스터

1

햄스터를 아는가?

씹다 만 먹이를 볼 속에 머금은 작은 털북숭이가 떠오른다면 당신은 한 번쯤 햄스터를 키워 본 적이 있을 것이다. 아니면 햄스터를 좋아하는 어린이를 키워 봤거나.

햄스터는 설치목 비단털쥐과에 속하는 포유동물로 다람쥐, 기니피그, 들쥐와 같은 계열에 속한다. 반려동물이지만 업계 내에서 차지하는 위치는 애매하다. 개나 고양이처럼 반려인과의 유대감이 깊지 않다. 뱀이나 고슴도치처럼 희귀하지 않으며 토끼처럼 강한 존재감을 가지지도 않는다. 관상어와 같은 심미적 요소가 없고 장수풍뎅이처럼 별도 범주에 놓지 않는다. 번식력이 왕성해 저렴하며 상품 가치도 낮다. 햄스터는 조금 시시하다. 구기 종목으로 치면 족구처럼 메이저라 하기엔 살짝 부족한 느낌이다.

족구가 시시하다는 말에 동의하지 않을지도 모르겠다. 나는 군대에서 처음으로 족구를 했다. 발재간이 좋아서 내무반 대표로 부대 족구 대회에도 나갔었다. 족구만큼은 잘할 자신이 있었지만 전역한 이후로는 도무지 족구를 할 기회가 없었다. 유원지에서 단합 대회 하는 아저씨들을 한번 봤을 뿐. 족구는 올림픽경기도 아니고 티브이에서 볼 일은 거의 없다.

강릉에서 초등학생을 가르치는 사촌 형의 말로는 영동지방의 초등 교사들은 친목 활동으로 족구를 한다고 한다. 지역 학교끼리 여는 친선 대회를 앞두고는 맹연습까지 한다고 했다. 바다가 보이는 모래사장에서 무릎 위까지 체육복을 걷어붙이고 공을 휘감아 차는 선생님들을 보기만 해도 좋을 것 같았다. 찾아가려 했더니 사촌 형은 여자 선생님들은 따로 배구를 한다며 굳이 올 것 없다고 했다. 종종 영동지방 초등학교에 대해서 상상해 본다. 바랐던 대로 교대에 입학했더라면 강릉이나 양양의 초등학교에서 아이들을 가르치면서 퇴근 후에는 족구와 서핑을 하며 살고 있을지 모른다. 아쉬운 일이다.

햄스터를 좀 알아? 내 질문에 사촌 형이 답했다.

교실에 햄스터가 나타나 식겁한 적이 있지.

햄스터? 쥐가 아니라? 내가 물었다.

차라리 쥐였으면 현실적이었을 거야. 하지만 햄스터였어. 수업을 하고 있는데 햄스터가 앞문으로 걸어, 아니 기어 들어왔어. 이게 뭔가. 왜 이런 게 학교에 있나. 내가 멍하니 보는 동안 한 아이가 뛰어나와 햄스터를 덥석 잡았어. 애들이 소리를 지르기 시작했지. 나도 흥분해서는, 어쩌겠어, 버릴 수도 없고. 놓치지 말라고 소리를 지르면서 담을 걸 찾았지. 마침 사슴벌레용 곤충채집통이 있어서 거기에 집어넣었어.

정신을 차리고 누구 거냐고 물었어. 우리 반 아이는 아니었어. 그도 그럴 것이 복도에서 우리 교실로 들어왔으니까. 혹시 햄스터를 잃어버린 학생이 있으면 찾아가라고 다른 반에 알렸어. 그날 두 명의 아이들이 나를 찾아왔어. 첫 번째 아이가 보더니 자기 햄스터가 아니래. 두 번째 아이는 하교 시간이 다 되어 케이지를 들고 왔어. 햄스터를 보더니 자기 것이 맞대. 정말 네 거야? 나는 문득 궁금해졌어. 확인할 방법이 없잖아. 이름이 한수래. 한수야, 불렀더니 햄스터가 쳐다보더라. 이제 됐냐는 듯이 아이는 한수를 데려갔어. 언제부터 햄스터를 학습준비물처럼 들고 다니게 된 거지?

아무튼 그날은 수업을 전혀 할 수가 없었어. 창문가에 햄스터를 올려놓았는데 아이들이 그것만 쳐다봤거든. 눈동자에는 온통 햄스터, 햄스터라고 쓰여 있었어. 학년말 학급 신문을 만들 때 햄스터가 나타난 사건이 일등 뉴스로 꼽혔어. 1년을 통틀어 단 하루 만난 애였는데 말이지.

햄스터를 키우는 이들은 대다수 어린이들이다. 놀랍지 않다. 아이들에게 햄스터는 반려동물이자 장난감 혹은 게임 캐릭터의 현현이다. 한 손에 쏙 들어오는 데다가 귀엽고 움직이기까지 한다. 어린이의 세계엔 햄토리 스케치북, 필통, 공책이 있고 어떤 아이들은 햄스터 살이라고 믿는 햄토리 소시지가 있다. 뿐만 아니라 교실 한구석에서, 친구네 집에서, 가끔은 신발주머니 안이나 놀이터에서도 아이들은 햄스터와 마주친다. 반려동물 햄스터의 작명 순위는 1위 햄찌, 2위 햄토리, 3위 햄이다.

햄스터를 키우는 집에 가 본 적이 있는가? 햄스터를 인지했는가? 햄스터 케이지가 거실에 있는 경우는 드물다. 그것들은 아이들의 방에 있다. 굳이 방문을 열고 들여다볼 정도로 햄스터에 각별한 관심을 두는 어른은 거의 없기 때문에 그것들은 눈에 띄지 않는다. 눈에 보이지 않으면 마음에서도 멀어지듯이 방구석에 처박힌 햄스터는 가끔 잊힌다. 보이지 않는 것은 존재하지 않는 것과 같다. 창고 안에 박힌 물건들이 존재성을 점점 잃는 것처럼 그것들은 현실에서 사라진다. 성인의 세계에서 햄스터는 점차 사라지는 중이다.

내가 아는 유일한 햄스터의 이름은 해몽이다. 해몽이를 직접 본 적은 없지만 오래 알아 온 것처럼 친숙하다. 해몽이의 반려인은 염혜원이라는 30대 중반의 여성으로 남편과 아들이 있다. 혜원도 여느 집처럼 아들이 원해서 햄스터를 키우기 시작했다. 그 무렵 공무원인 남편의 직장이 세종시로 옮겨 갔다. 혜원은 세종으로 이주하는 대신 아들과 햄스터와 함께 서울에 남기로 했다. 그런데 아들이 학교에서 학폭 사건에 휘말린다. 혜원은 점점 자신의 손을 벗어나는 중학생 아들을 양육하는 데에 버거움을 느꼈다. 게다가 가해자로 지목된, 욕설을 입에 달고 다니는 아이가 아들과 같은 학원 차에 타는 것이 불안했다. 아들은 아빠가 있는 세종으로 전학을 가게 된다. 1인 가구가 된 혜원은 햄스터와 단둘이 살게 되었다. 어느 날 부주의하게 케이지의 문을 열어 놓는 바람에 나간 햄스터는 끝내 돌아오지 않았다.

*

나는 우연히 그녀를 만났다.

당시 난 편의점 알바이자 소설가 지망생이었다. 밤과 낮처럼 내 생활의 두 축인 그것들은 번듯함과는 거리가 멀었다. 조만간 소설가가 되리라는 확신이 있었기 때문에 적은 월급이나 알바생이라는 신분은 개의치 않았다. 하지만 등단은 쉽지 않았다. 신춘문예에 서너 번 떨어지자 아버지는 멀쩡한 직장을 구하라고 고함을 질러 댔다. 슬슬 조바심이 나던 차였다.

그때 내게는 개 한 마리가 있었다. 갑자기 병원에 입원한 엄마의 개였다. 든든한 동반자가 되어 주는 개는 아니었다. 알바를 마치고 반지하 셋방의 현관문 앞에 서면 개가 짖기 시작했다. 심장이 두근거렸다. 반가워서가 아니었다. 개가 어지른 방에 트라우마가 생겼기 때문이다. 문을 밀면 찢긴 휴지와 물어뜯긴 신발이 사방에 흩어져 있고 군데군데 노란 오줌으로 얼룩진 방이 모습을 드러냈다. 혼내고 달래도 소용없었다. 말귀를 못 알아듣는 존재의 난해함을 절감할 뿐이었다.

달려드는 개를 밀어내며 방을 치우고 나면 소설을 쓸 기력은 온데간데없이 사라지고 없었다. 개를 데려온 것을 후회했다. 다시 개를 돌려놓을 방법을 궁리하던 중에 2년 가까이 일하던 편의점이 갑자기 문을 닫았다. 폐업한 것이다. 졸지에 백수가 된 상황이 황당했지만 이딯게 된 김에 당분간 소설과 개에 몰두하기로 했다. 돈과 시간을 잡아먹는 개를 버리지 못할 바에야 소설 속 글감으로 쓰자고 마음먹었다. 동물이 나오는 등단작이 많았다.

개를 잃어버린 장면에서 시작하고 싶었던 나는 잃어버린 동물을 찾는 사이트에 접속했다. 사람들은 참 많은 반려동물을 잃어버렸다. 개, 고양이, 새, 새? 새라니, 뱀, 뱀? 뱀이라니, 어떻게 잃어버렸는지 또 어떻게 찾을지 도무지 예상이 안 되는 것들이었다. 사진과 잃어버린 경위, 생김새를 구구절절 올려놓았지만 그것들은 절대로 돌아올 것 같지 않았다. 그중에 햄스터를 찾는 게시물이 있었다. 햄스터, 햄스터? 햄스터라니, 그것이 반려동물이었던가. 잃어버린 장소가 우리 동네의 고급 아파트였으므로 유심히 살펴봤다. 누군가의 손바닥에 올라간 시멘트 색깔의 햄스터는 표정이라고 할 만한 것이 없었다. 몸 길이, 특징, 좋아하는 먹이 따위가 적혀 있었다. 이 정보들이 해몽이라는 이름의 잃어버린 햄스터를 찾는 데 실질적인 도움이 되는 건지 의아했다. 적어도 너는 H 아파트에 살아 보았구나. 유일하게 든 감상이었다.

다음 날 개와 산책을 나섰다. 규칙적인 산책이 개에게 안정감을 준다고 했다. 목줄과 용변 봉투를 챙겨 나가는데 건물 입구에서 분리수거 중인 집주인이 보였다. 잽싸게 등을 돌려 개를 품에 안았다. 덜그럭대는 소리가 멎었다. 등이 왠지 따가웠다. 타 들어갈 것 같은 정적을 견디며 빠른 걸음으로 달아났다. 내 집에서 개를 키우는 것이 죄야? 마음속으로 항변했지만 훈련 안 된 개를 원룸에서 키우는 건 죄일지도 몰랐다. 외출할 때마다 집주인과 마주치는 것 같은 느낌은 단지 느낌이길 바라며 서둘러 모퉁이를 돌고 난 뒤에야 개를 내려놓을 수 있었다.

공원 입구 게시판에 누군가 전단지를 붙이고 있었다. 구인

광고일지 모른다는 생각에 다가갔다. 잃어버린 햄스터를 찾는 전단지였다. 놀랍게도 어제 웹사이트에서 본 그 햄스터였다. 회색 햄스터가 손바닥에 앉아 있는 사진을 쉽게 알아볼 수 있었다. 나는 힐끗 전단지를 붙이는 여자를 쳐다봤다. 그녀가 혜원이다. 가운데를 가르마로 가른 단발머리 사이로 희고 깨끗한 이마가 보였다. 화장기도 군살도 없는 아담한 체구에 청바지, 점퍼, 나이키 한정판 스니커즈 차림이었다. 스니커즈 옆에 여분의 전단지가 담긴 종이 가방이 놓여 있었다. 스카치테이프를 뜯어 전단지를 다 붙인 혜원이 홱 고개를 돌려 나를 봤다. 갑작스러운 시선에 움찔했다. 달달한 버터 향이 공기 중에 맴돌았다. 혜원은 마치 내 개가 햄스터인 것처럼 나와 개를 번갈아 훑어봤다. 나는 전단지에 시선을 고정했다.

이 동네 사세요? 혜원이 말을 걸었다.

아, 네.

혜원은 전화번호를 하나 뜯어 내밀었다.

혹시 돌아다니는 햄스터 보시면 연락 좀 주세요.

아, 햄스터, 네.

얼결에 종이를 바지 주머니에 쑤욱 밀어 넣었다. 여자의 번호를 이렇게 쉽게 얻을 줄이야.

햄스터는 집에서 사라졌지만 혹시 아직 집 안에 있을지 몰라서 혜원은 외출할 때 군데군데 견과류를 뿌려 두고 물통에 물을 채워 놓는다고 했다. 집에 들어갈 때마다 아무 일도 없던 것처럼 햄스터가 먹이를 먹고 있길 기대하지만 매번 좌절한다고 했다. 땅콩과 아몬드가 흩뿌려진 H 아파트 거실 한가운데 우두커니 선 그녀의 모습을 상상했다. 어디에서 햄스터를 샀냐는 내 질문에 아이가 친구한테 얻어 왔다고 대답했다. 자신이 기혼녀임을 모르는 척하지 말라는 듯이 말이다.

전화번호가 적힌 쪽지는 냉장고에 붙여 놓았다. 냉장고 문을 열 때마다 전단지를 붙이던 여자가 떠올랐고 햄스터를 찾았는지 궁금했다. 외출을 할 때면 길모퉁이나 쓰레기통 주위의 짙은 그늘에서 햄스터의 형상을 더듬었다. 만일 그것과 마주치면 어떻게 할지 상상했지만 어디에서도 햄스터는 눈에 띄지 않았다. 며칠 뒤 나는 종이에 적힌 번호로 전화를 했다. 순전히 궁금했기 때문이다.

누구세요?

화요일에 공원에서 만난 사람이에요.

아무 말이 없었다.

개 안고 있던…….

아아, 네. 기억나요. 무슨 일로?

괜한 희망을 줄까 봐 얼른 덧붙였다.

아, 그냥 햄스터를 찾으셨는지 궁금해서요.

해몽이요? 아니요. 가라앉은 목소리로 그녀가 말했다. 못 찾았어요. 어디선가 잘 먹고 잘 살고 있겠죠.

……아, 그럼 다행이고요.

침묵이 이어졌다. 전화를 끊으려던 찰나 폭주하듯 그녀가 말했다.

잡아먹혔거나 차에 치였거나…… 아니면 하수구에 빠졌거나. 이제 신경 안 쓰려고요. 안 그래도 케이지랑 모래랑 남은 먹이를 버리려던 참이었는데 혹시 가져가실래요?

제가요?

버리려니 아까워서요. 개한테는 필요 없으나.

버리지 마세요.

왜요?

돌아올지도 모르잖아요.

…….

돌아왔는데 다시 사야 하면 아깝잖아요.

돌아올까요? 돌아오려고 애쓰고 있을까요? 애타게 돌아올 만큼 애정이 있었을까요?

네?

잊고 있다가도 불쑥 솟는 배신감에 화가 난다고 했다. 그렇게 잘해 줬는데 문이 열린 틈을 타 가 버리다니. 틈틈이 기회를 노렸을 것이라 생각하자 괴롭다고 했다. 나는 제대로 자세를 고쳐 앉고 귀를 기울였다. 그 쪼그맣고 아무 생각 없어 보이는 햄스터가 누군가를 배신했다고는 여겨지지 않았지만 여자의 목소리는 심각했다. 엄마가 어릴 때 키우던 개를 잃어버려 하루 종일 울었다고 했던 것이 떠올랐다. 많은 사람들이 키우던 동물을 떠나보낸 뒤 우울감에 시달린다. 작은 햄스터라 할지라도 애정을 주었으니 상실감도 비슷하겠지. 나는 자세를 고쳐 앉고 귀를 기울였다.

전화를 끊은 뒤 H 아파트에서 살며 여자의 극진한 보살핌을 받는 햄스터의 삶에 대해 숙고했다. 충분히 공감하지 못한 것이 미안했고 다음에 그녀와 마주치면 제대로 위로하리라 마음먹었다. 그때 불현듯 쓰려고 했던 소설을 바꿔야겠다는 생각이 들었다. 햄스터를 잃어버리는 이야기로. 아닌 게 아니라 개가 나오는 등단작은 너무 많은 것 같았다.

*

사실 난 개보다 고양이가 좋다. 입을 벌리고 숨을 헐떡이는 개보다는 멀리 떨어져 앉아 자신의 털을 다듬는 고양이에게 애정이 간다. 개나 고양이 중에 고르라면 그렇다는 말이지, 실제로 동물을 키울 마음은 없다. 그럴 여유가 없다.

부모님은 내게 큰 기대를 하지 않았다. 돈을 많이 벌 직업이나 명문 대학을 바라지도 않으셨다. 그저 교대를 나와 초등학교 교사가 되기를 바라셨다. 사촌 형이 이미 초등교사였고 아버지는 자주 전화를 걸어 교사의 월급이나 연금, 교대 입시에 관해 물어보았다. 문제는 교대의 입학 커트라인이 점점 높아졌다는 것이다. 2점이 부족했다. 교대에 떨어졌고 아버지는 사범대라도 가라고 권하셨다. 하지만 나는 혼자 살고 싶었다. 서울의 한 대학 인문학부에 입학했다.

대학교는 생각했던 것과 많이 달랐다. 고등학생에서 대학생으로의 변화는 시간상으로는 거의 연달아 일어나지만 체감하는 차이는 어마어마했다. 입시에만 매달리던 시간 대신 마치 손바닥 위의 햄스터 같은 24시간이 주어졌다. 나는 오직 내 안에 있는 욕망을 따르고 싶었다. 입학 후 얼마 지나지 않아 처음으로 수업에 빠졌다. 그 뒤로는 결석이 쉬웠다. 자취방에 틀어박혀 책을 읽었다. 누군가가 나를 찾으면 그제야 방을 나섰다. 성적은 바닥을 쳤고 연애도 짧게 지나갔다. 그리 아쉽지는 않았다. 그녀의 미래에 내가 있을 자리는 없었다. 복학 후엔 모두가 졸업 후 무엇을 할 거냐고 물었다. 내가 아는 좋은 것들은 전부 소설에 있었다. 아니 좋은 건 소설로만 가능했다. 그래서 소설가라고 대답했다. 사실 다 핑계일 뿐이었다. 나는 관성에 이끌려 자취방에 머물렀고 그곳에서 소설을 읽고 쓰는 생활이 내가 아는 전부였을지 모른다.

어느 날 아버지가 전화했다. 엄마가 쓰러져서 입원했다고 했다. 엄마는 오랫동안 당뇨를 앓고 있었지만 아버지나 나나 그게 무슨 뜻인지는 정확히 몰랐다. 편의점 알바를 조정하느라 다음 날 오후가 되어서야 부모님 댁으로 내려갈 수 있었다.

현관에는 엄마의 신발이 뒤집혀 있었고 풀어진 우산이 그 사이에 쓰러져 있었다. 엄마는 깔끔한 사람이었으므로 그런 광경은 낯설었다. 집 안은 고요했고 희미하게 지린내가 밀려나왔다.

똘아!

나는 개의 이름을 부르며 집 안으로 들어갔다. 어디선가 짖는 소리가 들려왔다. 거실과 부엌 입구에 개의 배설물이 보였다. 지린내의 원인이었다. 화장실에서 문 긁는 소리가 들렸다. 화장실 문을 열자 세면대에 목줄이 묶인 똘이가 보였다. 나를 보자 개는 떨면서 오줌을 지렸다. 한 번도 맡아 본 적 없는 음습한 냄새가 났다. 썩은 음식에서 나는 냄새였다. 자세히 보니 귀 뒤와 몸통 곳곳에 발갛게 진물이 번져 있었다. 오래 굶은 것처럼 등가죽은 배에 달라붙어 있었다. 목줄을 풀자 퀭한 눈으로 달려들었다. 안아서 들어 올리자 개는 몸을 떨며 떨어지려 하지 않았다. 밥그릇은 뒤집히고 물통도 말라 있었다. 사료 포대는 비어 있었다. 냉장고에는 쉰 김치와 반찬통 두어 개가 전부였다. 그릇에 물을 부어 주자 똘이는 다급하게 핥았다. 밖으로 나가 크림빵 세 개를 사 왔다. 빵을 그릇에 놓자마자 개는 그것들을 먹어 치웠다. 필사적이었다.

엄마가 입원한 병원으로 가면서 아버지가 개에게 했음직한 일들을 떠올렸다. 엄마는 며칠 전 갑자기 쓰러져 입원했다. 당뇨 합병증이라고 했다. 개는 돌아다니며 똥오줌을 쌌을 테고 그건 엄마가 아니면 아무도 치우지 않으니까 아버지는 화를 내며 수도꼭지에 개를 묶었을 것이다.

택시를 운전하고 있을 아버지에게 전화했다.

개 사료 떨어졌어요?

있다.

없던데요.

다 먹었나 부지.

화장실에 가두지 마세요. 개 미치는 것 같아요.

미치기는. 똥오줌은 누가 치우냐.

밥은 주셨어요?

줬다.

언제요?

몰라! 며칠 굶어도 안 죽는다.

아버지는 여러 번 똘이를 버리려고 했다. 산책을 데리고 나가서 혼자 돌아오곤 했다. 한번은 이웃이 멀리서 헤매는 똘이를 알아보고 데리고 왔다. 또 한번은 똘이가 엄마 냄새를 따라 집으로 돌아왔다. 그렇게 돌아온 개를 아버지는 말없이 응시했다.

뭐 하러 여기까지 왔냐, 잠에서 깬 엄마가 노르께한 얼굴로 내 손을 잡았다.

진작에 혈당 관리 좀 하시지. 마음과 다르게 힐난하는 말이 나왔다.

오랫동안 혈당 관리가 안 되어 신장이 많이 안 좋아진 상태였다. 의사의 말이 무겁게 다가왔다. 신장은 한번 나빠지면 되돌릴 수 없거든요. 지금부터라도 철저히 관리하셔야 합니다. 되돌릴 수 없다는 말이 바늘처럼 가슴을 찔렀다.

거칠고 찬 손에 힘이 없었다. 엄마는 집에 가 봤냐고, 똘이는 어떻게 하고 있더냐고 물었다. 피부병이 심하다고 말하자 아버지에게 인정머리 없는 양반이라고 욕을 했다. 동물병원에서 처방받은 비싼 연고가 부엌 찬장에 있으니 꼭 꺼내 발라 주라고 했다. 나는 똘이가 화장실에 묶여 있었다거나 굶어서 눈이 뒤집혔더라는 이야기는 하지 않았다. 똘이는 엄마가 데려온 개였다. 신장이 망가졌다는데도 오직 똘이만 걱정하는 엄마를 보니 가슴이 답답했다. 내가 똘이를 잘 돌볼 테니 엄마는 건강이나 신경 쓰라고 말하자 엄마는 나를 빤히 쳐다봤다. 제 앞가림도 못하는 네가 누굴 돌보겠냐, 는 말처럼 느껴졌다. 나는 엄마가 취직 얘기를 꺼내기 전에 병실을 나섰다.

밤새 아버지에게 소설로 뭘 할 거냐는 잔소리를 듣고, 다음 날 아침 개를 데리고 서울로 올라왔다. 엄마가 좋아하는 개가 아니었다면 그냥 내버려뒀을 것이다. 집에 두면 죽을 게 뻔했으니까. 엄마가 퇴원했을 때 개가 없으면 상심할까 봐. 단지 그 이유였다. 연고를 치덕치덕 바른 개를 버스에 태울 수 없어서 기차를 타고 간식을 먹이며 겨우 데리고 왔다. 하지만 엄마 말이 맞았다. 개를 데려온 것은 무모한 짓이었다. 소설가 지망생으로선 반려동물이 필요로 하는 돌봄을 주기란 불가능하다는 걸 깨닫는 데 일주일도 걸리지 않았다.

*

며칠 뒤 혜원에게 전화를 걸었다. 만나고 싶다고 말했다.
만나요? 제가 왜요?
혜원은 퉁명스러웠다. 내 소중한 시간을 너에게 쓸 이유는 절대 없다는 듯이. 나는 조금 당황해서 솔직히 털어놓았다. 소설가 지망생이고 햄스터를 잃어버리는 소설을 쓰고 있다. 햄스터에 대해 물어보고 싶다.
혜원은 햄스터로 소설을 쓸 수 있냐고 반문했다. 나는 무엇이든 소설로 쓸 수 있다고 말했다. 그랬더니 혜원은 하지만 햄스터가 나오는 소설을 누가 읽겠냐고 말했다. 순간 자신감이

뚝 떨어졌다. 내가 우물쭈물하며 웅얼거리자 그녀가 말했다.

알았어요. 누군가는 읽겠죠. 아는 만큼 알려 줄게요.

그녀에게는 많은 것을 작고 시시하게 만들어 버리는 오라가 있었다. 그 후로도 혜원은 내 햄스터 소설에 대해 한 번도 응원의 말을 건넨 적이 없었다. 나는 혜원을 잠재적 독자에서 제외했지만 여전히 마음 한구석에는 햄스터가 나오는 소설이 과연 읽힐까 하는 불안이 자리 잡고 있었다.

처음 만난 공원에서 다시 혜원을 만났다. 농구장을 둘러싼 운동기구들 사이로 일정하게 놓인 벤치에 그녀는 앉아 있었다. 농구장을 바라보던 혜원은 내가 다가가자 가볍게 손을 흔들었다. 나는 철봉에 똘이를 묶어 두고 벤치로 다가갔다. 혜원은 내 개를 바라보며 묘한 표정을 지었다.

안녕하세요.

내가 인사했다.

인사를 받는 둥 마는 둥 혜원이 말했다.

개였다면 도망치지 못했겠지. 묶어 놓을 수 있으니까.

나는 그녀의 시선을 따라 똘이를 쳐다봤다. 목줄에 묶인 채 철봉 아래 네 발로 서서 간절한 눈빛으로 나를 보고 있었다. 혜원은 아직도 마음속으로 햄스터를 떠나보내지 못한 것이 분명했다.

혜원이 말했다.

어떤 걸 알고 싶어요?

지금 햄스터 이야기를 하는 것이 적절하지 않을 것 같았지만 나는 그냥 말했다.

햄스터를 잃어버린 여자가 필사적으로 햄스터를 찾는다. 알고 보면 여자가 햄스터를 내밀하게 학대한 결과 도망간 것이다. 사실은 여자가 필사적으로 찾고 있는 것은 햄스터가 아니다. 나는 소설에 대해 얘기할 때가 가장 신나기 때문에 나도 모르게 눈치없이 떠들었다. 그러느라 혜원의 표정이 점점 싸늘해지는 것도 눈치채지 못했다.

내가 괴롭혀서 도망갔단 말이야?

불쑥 튀어나온 그녀의 반말과 서늘함에 나는 놀라 멈칫했다.

네? 아니요. 그게 아니라…… 이건 소설이니까요. 그냥 지어낸 이야기예요. 죄송하지만 성함이 어떻게 되세요?

염혜원.

그러니까 혜원 씨가 햄스터를 잃어버린 이야기에서 아이디어를 얻긴 했지만 혜원 씨가 햄스터를 학대한 건 아니에요. 사실 학대한 사람은 우리 아버지거든요. 근데 그건 개였어요, 햄스터가 아니라. 어쩌면 엄마도 조금 학대했을지도 모르고요. 뒤죽박죽이긴 한데, 어쨌든 소설 속에서 햄스터를 잃어버린 사람은 혜원 씨가 아니에요. 그러니까 제 말은 혜원 씨가 햄스터를 괴롭힌 건 아니라는 말이죠.

혜원이 나를 말끄러미 쳐다봤다. 그런 표정은 우리 엄마가 내 방문을 벌컥 열고 뭐하니? 물었을 때 내가 부랴부랴 게임하던 창을 닫으며 공부한다고 대답하면 짓던 표정인데. 동영상을 보며 내가 고추를 만지작거리고 있을 때 또 방문을 벌컥 연 엄마에게 미칠 것같이 화를 내면 엄마가 짓던 표정인데.

알았어. 그렇게 쓰기도 하는구나. 그런데 사람들이 그런 소설을 읽겠니? 시나리오가 낫지 않아? 영화는 사람들이 보잖아.

그런 소설이라니. 나는 시나리오는 잘 모른다고 대답했다.

혜원이 철봉에 묶인 개로 시선을 돌렸다.

어쨌든 내 이야기에서 아이디어를 얻었으니 부탁 하나 들어줘.

뭔데요?

결말은 해피엔딩으로 하자. 결국 행복해지는 걸로. 나는 어두운 이야기가 정말 싫거든.

뜨끔했다. 이 이야기는 뭔가 해피와는 거리가 있었기 때문이다. 그리고 해피엔딩으로 끝나는 당선작은 좀처럼 본 적이 없었다.

노력해 볼게요.

그리고 하나 더. 네가 쓴 그 소설에서 월요일을 빼 줘.

월요일요?

그래.

왜요?

나는 월요일이 싫거든.

그날이 월요일이었다. 혜원이 말했다. 남편과 아들은 금요일에 서울로 왔다가 월요일 새벽에 세종시로 내려갔다. 중학교 2학년이 된 아들은 주말 동안 친구들과 피시방에서 게임을 했다. 여자에게 한 말은 주로 음식 이름이었다. 닭갈비, 잔치국수, 계란찜, 돼지갈비, 열무김치, 김치전…… 해 줘. 먹고 싶어. 더 없어? 배고파.

중학교 남자애들은 무슨 생각 하며 사는 거야? 혜원이 물었다.

중학생 때 내가 어땠나 생각해 보았다. 학원과 피시방을 다녔고 남녀 사이에 육체적으로 일어나는 일에 대해 많이 생각했다. 마치 남인 것처럼 내 몸에서 일어나는 일이 이해되지 않았다. 주말 동안 여자와 남편은 잤겠지. 하지만 왠지 쑥스러워서 말하지 않았다.

신기한 건 말이야. 그 둘은 햄스터가 없어진 걸 몰라.

과연 햄스터스러운 일이었다.

똘이에게 꼬마들이 다가와 소시지를 뜯어 먹이고 있었다. 똘이는 손가락까지 먹어 치울 기세로 소시지를 빨아들이고 있었다.

반려동물을 키우려면 목줄을 할 수 있는 걸로 키워야 해. 도망가지 못하게. 혜원이 말했다. 케이지도 잠그고.

케이지는 어떻게 생겼어요? 얼마나 커요?

혜원은 잠시 생각했다.

크기야 다양하지. 다 중국산이야. 필요하면 직접 와서 봐.

개는 소시지를 먹어 치운 뒤에 더 달라고 난리를 피웠다. 철봉에 묶인 목줄에서 쇳소리가 크게 울렸다. 아이들이 그 모습을 신기하게 지켜보고 있었다. 나는 조용히 하라고 소리 질렀지만 개는 신경쓰지 않고 날뛰었다. 아버지가 왜 그랬는지 조금은 이해될 것 같았다. 다가가 목줄을 풀고 똘이를 안아 올렸다. 뒤돌아보니 혜원은 이미 뒷모습을 보이며 걸어가고 있었다.

한번 보러 갈게요.

내가 외쳤다. 혜원이 뒤돌아봤다.

케이지요.

혜원이 고개를 끄덕였다.

*

분리수거 철저
건물 입구 금연

애완견 배변 엄금

입금일 엄수

달력 이면지에 볼펜으로 꾹꾹 눌러쓴 경고문이 건물 입구에 붙어 있었다. 시옷의 첫 획이 유난히 길게 휘날리는 주인아저씨의 필체다. 시조를 읽듯 한자어를 해독했다. 나를 염두에 두고 쓴 경고문처럼 느껴졌다. 방으로 들어가 똘이를 내려놓았다. 개껌을 입에 물려 주자마자 똘이는 선 자리에서 오줌을 지렸다. 순간적으로 고함을 질렀다.

아니, 야! 밖에서 안 싸고 아 진짜!

똘이는 움찔했지만 오줌은 멈추지 않았다. 오줌을 다 누고 나서 구석으로 달아났다. 구석에 쭈그려 앉아 개껌을 우물거렸다. 튀어나온 눈은 내게 고정된 채로. 노란 오줌이 방바닥에 원을 그렸고 발로 밟힌 오줌 흔적이 가늘고 길게 이어졌다. 엄마는 도대체 이 개를 어떻게 좋아하는지 모를 일이다. 개껌을 빼앗고 오줌 앞으로 끌고 가 혼을 냈다. 배를 툭툭 때리자 똘이는 움츠러들고 내 눈치만 봤다.

오줌을 휴지와 물티슈로 닦아 낸 뒤 통장 잔고를 확인했다. 석 달치 월세가 빠지면 남는 돈이 거의 없었다. 나는 소설을 꺼냈다. 해피엔딩은 두고 볼 일이고 월요일은 지워 버렸다. 다듬다 보니 혜원은 왜 남편과 아들이 있는 지방으로 내려가지 않고 혼자 남아 있는지 궁금해졌다. 이제 햄스터도 없어졌는데 심심하지 않을까. 뭔가 대신할 게 필요하지 않을까. 똘이는 이미 곯아떨어져 코를 골고 있었다. 혹시 이 개를 원하면 줄 수 있을까? 혜원이 이 개를 원할 가능성이 있을까? 그럴 리는 없을 것이다.

*

H아파트는 조경이 잘 된 외국의 공원 같았다. 분수대가 있는 놀이터에서는 예쁜 아이들이 놀고 있었고 나무 아래 벤치에는 그들을 주시하는 어른들이 앉아 있었다. 모두 일요일 아침처럼 가벼운 옷차림에 느슨한 신발을 신고 있었다. 아무도 나를 보지 않았다. 나는 투명 인간이 된 기분으로 건물들 사이를 돌아다니며 혜원의 집을 찾았다.

혜원이 문을 열었다. 대리석 현관에 신발을 벗었다. 액자가 걸린 복도를 지나니 거실이었다. 거실에는 덩치 큰 소파와 둥글게 굽은 스탠드 전등, 테이블, 벽걸이 티브이, 차가운 추상화 액자와 잎이 두꺼운 초록식물이 전부였다. 물건으로 가득 차지 않았지만 조화로웠다. 소파에 앉아 목이 긴 유리컵에 담긴 아이스커피를 마셨다. 이 집의 모든 물건들은 까다롭게 선택된 오브제 같았다. 매일 이런 집으로 퇴근하는 것이 어떤 이들에겐 삶의 목표가 될 수 있을 것 같았다.

케이지를 보러 서재로 갔다. 서재는 현관과 거실 사이에 있던 문 중 하나였다. 짙은 색 원목 책장이 한쪽 벽을 가득 차지했다. 얼핏 본 책의 반 이상이 외국어 원서들이었다. 같은 재질의 책상이 방 가운데에 놓여 있다. 그리고 책장 반대쪽 벽의 가장 깊숙한 구석에 케이지가 있었다. 투명한 플라스틱 몸체는 노란 형광색이고 손잡이가 달린 뚜껑은 핫핑크색으로 팝아트를 연상시키는 색감이었다. 중후한 느낌의 방과는 어울리지 않았다. 감옥처럼 쇠창살이 드리워졌지만 화려한 색깔 때문에 위압적이지 않고 저렴해 보였다. 바닥에 앉아 케이지를 유심히 들여다봤다. 복층이었다. 1층 바닥에는 톱밥이 두텁게 깔려 있었다. 파고 숨기 좋아하는 햄스터의 특성 때문에 톱밥을 두껍게 깔아 준다고 혜원이 말했다. 모래가 채워진 조개 모양의 화장실, 야자열매 껍질을 엎어 놓은 동굴, 손바닥보다 큰 쳇바퀴, 2층으로 올라가는 계단, 거꾸로 매달린 젖병의 축소판 같은 물통, 천장에서 아래로 드리운 해먹, 방금까지 놀다가 두고 외출한 것 같은 나무 장난감들.

와, 5성급 호텔 스위트룸인데요.

혜원이 웃었다. 나는 웃지 않았다. 진심으로 저 해먹에 누워서 종일 책을 읽고 싶었다.

이건 아무것도 아니야. 정말 진심인 사람들은 MD 박스나 플라스틱 보관함을 개조해서 케이지를 만들기도 해. 방이 여러 개 있고 미로 같은 구조에 다락방까지 있는 거대한 햄스터 저택을 만들어. 거기서 의식주를 해결하는 것은 물론 두 마리가 합사를 해서 몇 세대의 일가를 이루며 장수하기도 한다더라고.

믿기 어려운 이야기였다. 하지만 영동지방 초등교육계처럼 햄스터의 세계도 자세히 들여다보면 심오할 테니 아마 사실일 것이다.

원목 책상 위에 가족사진이 놓여 있었다. 머리가 긴 혜원과 턱이 길쭉한 은행원처럼 생긴 남편이 나란히 앉아 미소를 띠고 있다. 어린 소년이 아빠의 무릎 위에 앉아 엄마의 손을 잡고 있었다. 남편의 팔이 혜원의 어깨를 감쌌다. 셋 다 흰색 폴로셔츠와 청바지를 입고 맨발이었다. 한물간 스타일이지만 가족은 단란해 보였다. 가족사진 옆에 해몽이가 선 채 두 손으로 먹이를 붙잡고 정면을 바라보는 작은 액자가 있었다. 늦게 입양된 막내처럼 가족의 일원으로 당당하게. 혜원이 아스라한 눈빛으로 해몽이 사진을 바라봤다.

우리 집에 온 지 두 달쯤 되었을 때야.

혜원의 남편은 세종시에서 일하는 공무원이라고 했다. 노량진에서 애쓰는 내 친구들이 되려 하는 공무원이 아니라 적어도 5급 이상일 것이라고 생각했다.

세련된 분 같아요. 내가 말했다.

그냥 아저씨지 뭐. 경상도 시골 사람이거든. 남편 고향에서 결혼했는데 결혼식장이 어찌나 촌스럽던지, 남편까지 낯설어 보이더라고.

어디서 만났는데요?

대학교 동아리 선후배 사이였지.

영화 동아리요?

어머, 맞아. 혜원이 놀라워했다. 어떻게 알았지?

책장에 꽂힌 오래된 영화 잡지들과 영화 관련 원서들을 봤기 때문이었다.

오래 사귀었겠네요?

7년 연애했어.

와, 7년이나.

그럼 뭐 해. 사진을 보면서 혜원이 말했다. 여기 있는 누구도 내 옆에 없는데. 자조적으로 웃었다. 왜 웃는지 알 듯 말 듯했지만, 나도 같이 웃었다.

혜원이 부엌의 전등을 갈아 달라고 했다. 스위치를 올리자 고장 난 전등이 현란하게 깜박거렸다. 의자만 붙잡아 달라고 했지만 나는 직접 의자에 올라갔다. 혜원이 의자를 붙잡았다. 낡은 전등을 빼낼 때 삭은 플라스틱 조각이 부서져 떨어졌다. 새 전등을 끼우고 뚜껑을 닫은 다음 의자에서 내려왔다.

고마워. 남편이 올 때까지 기다리기엔 너무 불편했거든.

이런 거 필요하시면 언제든 부르세요.

혜원이 내 얼굴을 빤히 쳐다보더니 "잠깐만", 하며 눈 아래 붙은 플라스틱 조각을 손가락으로 떼어 냈다. 두 손가락이 잠깐 피부에 닿았을 뿐인데 온몸의 신경세포가 그곳에 집약된 듯 소스라쳤다. 너무 티가 나게 움찔해서 겸연쩍을 정도였다.

피자 먹고 갈래?

점심도 저녁도 아닌 오후 4시였고 순간 똘이가 떠올랐지만 1초도 지체하지 않았다.

그러죠.

뜨겁고 짭조름한 더블치즈페퍼로니피자를 먹으면서 영화 「족구왕」을 봤다. 혜원은 배우 안재홍을 좋아한다고 했다. 그녀가 고른 영화였다. 영화는 참신하게 웃겼다. 어이없이 웃고 있었는데 멱살 잡혀 끌려가는 B급 정서를 갖고 있었다. 혜원의 말로는 독립영화치고는 성공한, 특히 남자들에게 인기를 끈 영화라고 했는데 왜 그들에게 어필했는지 알 것 같았다. 족구하는 복학생이 슈퍼히어로 급으로 나왔다. 현실에서는 투명 인간 취급을 받는 복학생들에게 큰 위안이 됐을 것이 분명했다. 나는 군대에서 족구를 한 이야기와 영동지방 초등학교 교사들의 이야기를 혜원에게 해 줬다. 혜원은 피자에 핫소스를 뿌리며 내내 시크하게 웃었다. 영화가 끝나고 남은 피자를 들고 H 아파트를 나섰다.

*

묘한 하루였다.

H 아파트에서 잘 알지도 못하는 30대 유부녀와 피자를 먹으며 영화를 보고 많은 이야기를 나누었다. 누군가와 함께 편안하고 즐거운 시간을 보낸 것이 오랜만이었다.

졸업한 이후로 내 친구들—20대의 1인 가구들—은 하나둘 어디론가 사라졌다. 직장에 들어간 친구들은 힘들다, 시간 없다, 하며 연락이 뜸해졌고 많은 친구들이 시험을 치르기 위해 노량진으로 들어간 이후로 사라졌다. 아주 가끔 옛날 친구를 만나기도 했지만 함께 술을 마시고 울분을 터뜨리고 나면 6개월 정도는 누구와도 만나고 싶지 않았다.

그날 혜원의 집에서 보낸 시간은 영화처럼 비현실적이었지만 갑자기 훅 들어온 손가락의 감촉이나 강렬한 색깔의 케이지는 생생하게 남아 있었다. 잔치국수만 먹다가 불닭볶음면을 먹은 것처럼 강렬했다. 나는 그곳에서 있었던 일들을 되새기고 곱씹으며 반지하 방으로 향했다.

입금 요망

개 단속 잘할 것!
소음 엄금!

또 달력 종이였다. 이번엔 내 원룸의 문에 붙어 있었다.

입금일은 어제였다. 하루, 고작 하루가 지났을 뿐이었다. 입금 요망은 정자체였고 '개 단속'부터는 다른 펜으로 갈겨 쓴 걸 보니 여기 와서 덧붙인 것이다. 욕이 튀어나왔다. 개가 짖고 있었다. 발자국 소리만 나도 짖는데 집주인이 현관문에 이걸 붙일 때 얼마나 짖어 댔을지 상상할 수 있었다. 집주인. 사계절 내내 등산 조끼를 걸친 채 건물 주위를 쓸고 닦으며 분리수거장을 맴도는 70대 아저씨는 핸드폰도 있으면서 왜 굳이 이런 식으로 종이를 붙이는지 도무지 알 수 없었다.

방문을 열자 좁은 방이 한눈에 들어왔다. 남루함에 매번 놀란다. 곰팡이와 개 오줌이 뒤섞인 냄새가 났다. 이 냄새가 내게도 배어 있는 건 아닌지. 셔츠에 코를 대고 깊숙이 숨을 들이마셨다. 다행히 섬유유연제 냄새만 났다. 그렇다고 완전히 안심되는 건 아니다. 혜원은 이런 데에 사람이 산다는 걸 상상도 못 할 거다. 이 방보다 햄스터 케이지가 더 낫다. 그럴 일 없겠지만 만일 혜원이 이 집을 방문하는 상상을 하자 얼굴이 붉어졌다. 차라리 나는 개가 되고 싶을 것이다.

문제는 이 방에서도 쫓겨나지 않으려면 집주인의 주머니를 채워 줘야 한다는 거다. 개가 온 뒤로 사료와 용품을 사는 데 계획에 없는 돈이 나갔다. 조만간 알바를 구하지 않으면 월세가 밀릴 판이다. 깜냥도 안 되면서 왜 개를 데려왔을까. 한숨을 쉬며 오줌을 닦아 내고 환기를 시켰다. 소설이 돈이 되나? 영화가 낫지 않니? 혜원은 그렇게 말했다. 영화에 대해서는 전혀 모르지만 그것도 녹록지 않을 것 같은데, 그래도 소설보다는 나을까?

똘아, 소설은 아니니? 소설로 뭘 할 수 있지? 이걸로 돈이 되겠니? 똘아, 돈 좀 벌어 올래? 응? 대답 좀 해.

아무짝에도 쓸모없는 녀석 같으니. 똘이는 피자 상자에 코를 박고 있을 뿐 불러도 돌아보지 않았다. 소설로 뭘 할 수 있겠냐는 말, 아무짝에도 쓸모없다는 말. 아버지가 늘 내게 하던 말이었다.

*

어디세요?
일한다.
운전 중이세요?
괜찮다, 말해라.
엄마 아직 퇴원 안 하셨어요?

요양병원으로 옮겼다.

요양병원이요?

그래.

왜요?

발이 또 문제라더라. 요양병원이 싸서 그리로 갔다.

네에. 엄마한테 언제 가세요? 가시면 전화 좀 해 주세요. 엄마 핸드폰이 계속 꺼져 있어요.

엄마 전화기 충전 안 돼 있을걸.

왜요? 전화기가 켜져 있어야 통화를 하죠.

통화할 사람이 누구 있나?

저도 있고 이모들도 있고요. 이모들은 엄마 입원한 거 아세요?

모른다.

이모들에게도 알려야죠. 그래야 통화하고 문병도 가죠.

알았다. 알았다. 시끄럽다.

제가 내려갈까요?

네가 온들 무슨 소용 있냐. 취직을 해라. 취직하는 게 엄마를 위한 거다.

저, 아버지, 똘이 있잖아요.

또리? 그게 뭔데?

개요.

개?

집에서 키우던 개 말이에요. 똘이. 그 개 다시 키우실래요?

쓰읍, 하고 숨을 들이마시는 소리가 들려왔다.

이놈이 만날 개 타령을 하노. 개 타령 고만하고 취직을 하라니까, 진짜.

취직할 거예요. 소설 쓰면서 할 수 있는 일을 찾으려니 쉽지가 않아서요.

소설? 아직도 소설 얘기하나. 정신 나갔네. 소설 써서 뭐 할 건데? 소설로 뭐 할 거냐고! 야가 완전히 돌았네. 소설? 정신이 완전히 나갔어.

아버지는 흥분해서 욕을 퍼붓기 시작했다. 나는 황급히 전화를 끊었다. 이대로 어디엔가 택시를 들이받을까 봐 걱정이 될 정도였다. 평생 아스팔트 위에서 운전으로 가족의 생계를 책임진 아버지에게 소설이란 쓸데없는 헛것이며 소설가 지망생은 세상에서 가장 한심한 종자인 것이다.

사촌 형의 전화벨은 세 번 울리더니 끊어졌다. 곧이어 '수업 중이라 전화를 받을 수 없습니다. 제가 연락드리겠습니다'라는 문자가 왔다. 수업 중에 전화를 받을 수 없지. 교대만 들어갔더라면, 수능에서 한 문제만 더 맞혔었더라면…… 재수를 해서라도 교대에 들어갔어야 했다. 초등교사가 되어 낮에는 아이들을 가르치고 퇴근 후에 소설을 쓰며 주말에는 서평을 하는 삶을 살았을 텐데. 그럼 아버지도 혜원도 소설로 뭘 할 수 있냐고 묻지 않았을 것이다.

최근 통화 목록을 물끄러미 보았다. 해가 질 때까지 사촌 형은 전화를 주지 않았다. 나는 혜원의 전화를 기다렸다. 혜원에게 전화를 하고 싶었지만 용건이 없었다. 용건을 만들기 위해 안재홍이 나온 영화를 검색했다. 많이 알려지지 않았으면서 평점이 나쁘지 않은 영화를 찾아서 리뷰를 꼼꼼히 읽었다. 혜원의 이름을 눌렀다. 혜원은 전화를 받지 않았다. 벨 소리를 듣다가 문득 그날이 금요일이란 것이 떠올랐다. 금요일에 남편과 아들이 올라온다고 했었다. 얼른 전화를 끊었다. 지금 혜원은 가족과 함께 있을 것이다. 내가 쓰는 소설이나 안재홍이 나오는 영화는 지금 그녀에게 전혀 중요한 일이 아니리라. 왜 혜원은 세종으로 내려가지 않고 혼자 지낼까. 햄스터 때문일까. 그것이 나 때문이라면 얼마나 좋을까.

나는 왜 이곳에 있는 걸까. 낡은 책상과 쓰지 않는 물건들이 가득한 본가의 내 방이 떠올랐다. 거기서 문을 걸어 잠그고 소설을 쓸까, 역대급 베스트셀러 장편소설을. 혜원도 모를 수 없는 대박 베스트셀러 장편소설을. 거기서는 월세 걱정도 없다. 장편소설을 완성하기 전까지는 친구도 만나지 않고 집 밖으로 나오지 않으리라. 어머니를 병원에 모셔 가고 똥이를 산책시키고 집안일을 하면서 아버지의 잔소리를 견디기만 한다면 되지 않을까. 내가 집으로 내려간다 해도 아무도 눈치채지 못할 것이다. 혜원도 마찬가지다. 어차피 나는 조금씩 사라지고 있다. 친구들도 사촌 형도 혜원도 나에게 연락하지 않는다. 집주인만 나를 찾을 뿐이다. 그에게 나는 돈이니까. 나는 투명 인간이 되어 간다.

편의점으로 향했다. 종일 먹은 것이 없었다. 위장이 꼬이는 느낌을 무시할 수 없었다. 삼각김밥 두 개와 바나나우유를 집었다. 내 또래의 여자 직원이 무표정하게 물건을 스캔했다. 가격을 말하는 대신 가격이 적힌 모니터를 내 쪽으로 쓱 돌렸다. 나도 말없이 체크카드를 꽂았다. 편의점 앞 야외 테이블에 앉아 테이블 위 라면 국물을 피해 조심스럽게 음식물을 올려놓았다. 정보지의 구인란을 읽어 내려갔다. 집주인이 새벽에 분리수거를 감시하러 나갔다가 심혈관에 이상이 오지 않는 한 나는 알바를 구해야 한다.

집에서 걸어갈 수 있는, 낮에 일하는, 급여가 나쁘지 않은…… 주방 보조 겸 설거지, 서빙, 홀 직원, 미화원, 김밥 마실 분, 관광버스 기사, 정육 판매 사원, 가요 도우미, 시급 협의, 급여 협의, 급여 상담 후 협의, 휴무 협의, 초보 가, 조건 맞춰 줌, 주말에 하실 분, 가족처럼 함께하실 분…….

자는 똘이를 깨워 산책을 나갔다. H 아파트를 크게 한 바퀴 돌았다. 찬바람에 정신이 들었다. 혜원은 사진 속의 남편과 중학생 아들과 함께 밥을 먹고 있을 것이다. 이제 그들은 햄스터가 사라졌다는 사실을 알았을까? 남편이 미소를 띠며 새 햄스터가 든 상자를 내밀지도 모르겠다. 아들과 함께 마트에서 골랐다면서. 혜원은 시크하게 웃을 것이다. 감동해서 눈물을 흘릴지도 모르고 답례로 키스를 할지도. 밉다. 괜히 밉다. 안경 쓴 은행원들도 공무원들도 다 밉다.

공원 벤치에 앉았다. 밤이지만 많은 사람들이 운동복 차림으로 공원에 나와 있었다. 똘이는 벤치가 차가운지 내 허벅지로 올라와 앉았다. 두 다리를 뻗어 그 위에 얼굴을 얹고 꼼짝 않고 눈만 굴리며 사람들을 쳐다봤다. 나는 똘이의 목줄을 슬그머니 풀었다. 따끈하고 가벼운 몸을 번쩍 들어 땅으로 내렸다. 개는 고개를 돌려 나를 쳐다봤다. 잠이 덜 깼는지 움직일 마음이 없어 보였다. 나는 다리로 개의 엉덩이를 쓱 밀었다. 똘이는 마지못해 슬금슬금 걸어 건너편 나무로 다가갔다. 나무 아래를 쿵쿵거리고 찔끔 오줌을 싸고는 다시 벤치로 돌아와 나를 올려다봤다. 다시 엉덩이를 밀었지만 갈 생각은 없어 보였다.

한 중년 여성이 나를 노려보고 있었다.

목줄 채우세요!

네.

나는 개에게 다시 목줄을 채웠다.

이 개와 같은 현실.

아버지 말이 옳을지도 모른다. 소설로 무엇을 할 수 있단 말인가. 소설로는 개 한 마리 키울 수 없다. 내 친구들, 심지어 내가 안타깝게 생각하던 노량진 고시원의 친구들도 이것보다는 나을 것 같다. 여기까지인가. 정말 소설은 아닌가. 해피엔딩, 진부한 그 단어가 무엇을 의미하는지 궁금하다. 길 잃은 햄스터에게 어울리는 해피엔딩이 무엇일까. 목줄 없는 햄스터는 길을 잃었을 것이다. 들쥐와 어린이들을 피해 거친 풀숲이나 놀이터 모래에서 불안한 숨을 헐떡이며 자신이 누렸던 것들에 감사하며 더 누리지 못한 것을 후회하고 있을 것이다. 먹이를 주던 혜원의 촉촉하고 부드러운 손을 그리워하고 있을 것이다. 나는 어리석은 햄스터를 동정하고 비웃었다.

*

전화벨이 울렸다. 휴대전화 액정에 뜬 이름은 혜원이었다. 나는 심호흡을 하고 목을 가다듬었다. 벨이 두 번 더 울린 뒤에 침착하게 전화를 받았다.

전화했어?

혜원이 말했다.

네. 안재홍이 나오는 영화를 발견해서 알려 주고 싶었어요.

거짓말이 술술 나왔다. 그러면서 그녀 목소리 주위에서 들려오는 소음에 귀를 기울였다. 혜원이 흡, 하고 웃었다.

알았어. 언제 시간 될 때 같이 보자.

나는 속으로 환호성을 질렀다.

지금 뭐 하고 있었어?

별거 안 했어요. 공원으로 산책 나왔어요. 혜원 씨는 지금 뭐 하고 있었어요?

아무것도 모르는 척 나는 물었다.

티브이 드라마 보고 있었어.

그래요? 오늘 가족들 오는 날 아니에요?

아, 남편이 이번 주말에 출근해야 해서 못 왔어.

우아, 나는 속으로 함성을 지른다. 뜻밖의 소식이 절대 놓쳐선 안 되는 해피엔딩의 기회처럼 여겨진다. 갑자기 솟아오른 용기로 나는 말한다.

지금 가도 돼요?

그녀가 대답하기까지의 짧은 시간이 아득할 만큼 길게 느껴졌다. 심장이 미친 듯이 뛰었다.

지금? 뭐 별 상관없긴 한데.

금방 갈게요.

혜원이 뭐라 덧붙이기 전에 전화를 끊어 버린다. 자리에서 벌떡 일어난다. 후우, 하고 두 팔을 벌리고 심호흡을 한다. 제자리에서 손발을 털며 뜀뛴다. 허리와 팔을 늘이고 다리도 늘인다. 똘이가 나를 빤히 보고 있다. 나도 똘이를 본다. 이 개를 어쩌지. 난감하다. 벤치에 앉아 개의 머리를 쓰다듬었다. 똘이는 눈꺼풀이 무거운 듯 벤치에 엎드렸다. 지나가는 사람이 없음을 확인하고 나는 다시 개의 목줄을 풀어 벤치 아래로 떨어뜨렸다. 개는 나를 보며 킁, 숨을 내쉬었다. 주머니에서 간식 봉지를 꺼냈다. 훈련할 때 하나씩만 입에 넣어 주는 간식이다. 똘이는 고개를 번쩍 들고 네 발로 뻣뻣하게 섰다. 간식 봉지와 내 얼굴을 번갈아 가며 주시했다. 나는 봉지를 거꾸로 들고 간식을 벤치에 수북이 쏟았다. 똘이는 잠시 멈칫하더니 코를 박고 간식을 먹었다. 나는 천천히 뒷걸음쳐 개에게서 멀어졌다. 멀리 가로등 아래 벤치에서 간식을 탐닉하는 개는 꽤나 인상적인 영화의 마지막 장면 같았다. 나는 뒤돌아서 H 아파트를 향해 달렸다.

 혜원이 문을 열었다. 머리를 하나로 묶고 핑크색 헤어밴드로 앞머리를 올렸다. 말간 피부에서 은은한 비누 향기가 풍겼다. 혜원이 조금 의아한 얼굴로 나를 맞았다.
 왔구나. 정말.
 나는 한 걸음 다가갔다. 하려던 말을 내뱉었다.

제가 혜원 씨에게 필요한 사람이 될게요.

응? 갑자기 무슨 말이야.

도움이 되고 싶어요. 전등도 갈고 심부름도 할게요. 혜원 씨에게 필요한 사람이 될게요.

혜원은 혼란스러워 보였다.

저도 혜원 씨가 필요해요. 우리는 서로에게 도움이 될 수 있어요.

혜원이 고개를 갸웃했다.

내가? 내가 너한테 무슨 도움이 돼?

그 손으로.

손?

나는 천천히 혜원의 손을 잡았다. 여린 새순처럼 작고 부드러웠다. 혜원은 어리둥절한 표정으로 손을 빼내려 했지만 나는 그녀에게 한걸음 다가가 손을 꼭 쥐었다. 천천히 그녀의 손을 들어 올려 내 뺨에 댔다. 그 순간, 그녀의 손길이 닿자 참을 수 없이 나는 햄스터가 되었다.

오마나! 이게 왜 이래!

혜원의 비명이 여름밤 천둥처럼 사방에 울려 퍼졌다. 어지러움이 가실 때까지 잠시 기다린 나는 복도로 이어진 서재로 달려갔다. 서재 문은 굳게 닫혀 있었다. 문을 긁고 있자 혜원이 당황하며 말했다.

난데없이…… 먹이를 다 버렸단 말이야.

　서재의 문이 열렸다. 드높은 책장과 웅장한 책상 너머 형광빛의 케이지가 보였다. 책상 아래를 가로질러 케이지로 향했다. 꿈의 스위트룸. 케이지 문이 열려 있었다. 떨렸지만 냉큼 톱밥으로 몸을 던졌다. 가슬가슬한 톱밥 속에 얼굴을 파묻고 휴양림에서 맡던 피톤치드 향기를 느끼며 숨을 골랐다. 혜원이 다가와 케이지를 들여다보더니 문을 잠갔다. 잠깐 기다려, 하고는 서재 밖으로 나갔다.

　케이지는 더없이 안락했다. 쳇바퀴는 가볍고 내 몸길이에 넉넉히 맞았다. 발길질을 시작하자 휙휙 돌아갔다. 숨이 턱 막힐 때까지 미친 듯이 발을 굴렸다. 그러다 톱밥으로 뛰어내렸다. 수년 묵은 피로가 스르르 풀리는 기분이었다. 문이 열리더니 주위가 환해졌다. 아까 거실에서 느꼈던 토할 것처럼 창백한 빛이 아니라 차분하고 편안한 빛이었다. 혜원이 조도가 낮은 노란 등을 켠 것이다.

　서늘한 기운이 느껴지더니 물통으로 시원한 물이 콸콸 쏟아져 들어왔다. 물통에는 쇠로 만든 대롱이 아래로 향해 있고 대롱 끝에 쇠구슬이 박혀 있었다. 물이 한꺼번에 흘러나오는 걸 막아 주는 구슬이었다. 나는 구슬에 맺힌 물방울에 혀를 갖다 대었다. 시원했다. 핥을 때마다 방울방울 차가운 물이 구슬을 통해 흘러나왔다. 목을 축이고 나자 지붕이 열리고 흰 손이 쑥 들어왔다.

혜원의 손 위에 작은 당근 조각이 놓여 있었다. 신선한 당근 냄새가 강렬했다. 너무 좋아요, 라고 말했지만 찍찍! 소리가 들렸을 뿐이다. 나는 손바닥 위로 뛰어올랐다. 말랑하고 따끈하고 푹신했다. 당근 조각을 두 손으로 잡았다. 잇몸이 근질거려 당근을 꽉 깨물었다. 씹을 때마다 단 즙이 잇몸을 타고 흘렀다. 씹다 만 당근을 이빨과 볼 사이 주머니에 넣었다.

손바닥이 나를 감싸더니 손가락이 어깨와 등을 천천히 쓰다듬기 시작했다. 나는 힘을 빼고 손에 몸을 맡겼다. 솜털처럼 부드러운 손가락이 목덜미, 척추, 어깻죽지 구석구석을 문지를 때마다 뼛속 깊이 쌓인 피로가 녹아내리는 것 같았다. 편안하다. 졸음이 쏟아진다. 혜원이 사랑스러운 눈으로 나를 바라본다. 흔들리는 해먹에 몸을 맡긴 채로 나는 혜원의 얼굴을 바라본다. 얼마나 찾았는데. 혜원이 말한다. 시력이 나빠졌는지 눈이 있어야 할 곳에 아몬드 두 개가 보인다. 고소한 아몬드를 깨물고 싶어진다. 이런 게 사는 거구나. 행복한 그녀의 모습을 보니 처음으로 완전한 삶을 사는 듯한 기분이 든다. 혼곤히 잠으로 빠져든다.

된다.
소설은 된다.

나는 햄스터가 된다.

한 달치 월세를 입금했고 라면 한 박스와 흠난 사과 한 봉지 그리고 대용량 개 사료 한 봉지를 샀다. 햄스터를 잃어버리는 여자가 나오는 소설을 쓴다. 해가 뜰 때와 질 때 하루 두 번 개를 산책시킨다. 똘이는 한층 얌전해지고 잠도 잘 잔다. 덕분에 소설에 집중하는 시간이 늘고 있다. 산책길에 가끔 혜원과 마주친다. 실종 한 달째 햄스터는 끝내 돌아오지 않았다. 혜원에게 소설의 내용을 이야기한다. 혜원을 만날 때마다 소설의 디테일이 조금씩 바뀌었다. 나는 이야기를 오가며 끊임없이 한 소설이 다른 소설을 변형시키는 소설을 쓰고 있다. 결말에 대해서는 고민 중이지만 소설로만 된다는 것은 분명하다.

장롱이나 세탁기 뒤로 들어가서 못 나오는 애들이 있대요. 거기 있다가 죽기도 한다던데요. 내가 말하자

끔찍하다. 그런 얘기하지 마. 혜원이 얼굴을 찌푸렸다.

아무래도 죽은 햄스터를 장롱 뒤에서 끄집어내는 결말은 적절하지 않은 것 같다. 길을 잃은 햄스터에게 어떤 결말을 줘야 할까. 나는 해피엔딩을 염두에 두고 결말을 고민 중이다.

2

햄스터 잠들다

정원이 문을 닫았다. 현관에 선 채 귀를 기울였다. 집 안에서는 정적이 뭉근히 밀려 나왔다. 신발을 벗고 거실로 들어섰다. 거실 한가운데에 놓아둔 해바라기씨와 물그릇은 나가기 전 그대로였다. 부엌과 서재 바닥에 놓아둔 것들도 마찬가지였다. 케이지는 여전히 비어 있었다. 햄스터가 사라진 지 사흘째였다.

 인터넷으로 검색한 바로는 햄스터가 먹이와 물을 먹지 않고 견딜 수 있는 기간은 닷새 정도였다. 햄스터가 사라진 뒤부터 정원은 외출하기 전에 집 안 여기저기 씨앗을 뿌려 놓았다. 숨어 있던 햄스터가 나와서 먹을지도 몰랐다. 정원은 흩뿌려진 씨앗들을 주워 케이지 안 먹이통에 쏟았다.

토막 낸 닭을 씻어 냄비에 끓이고 검은 비닐봉지에서 감자를 꺼내 다듬었다. 설거지를 하다 보면 뒤에서 발뒤꿈치를 긁던 햄스터가 떠올라 한번씩 뒤를 돌아보았다. 냄비에 익힌 닭과 채소를 넣고 양념을 끼얹은 다음 불을 올렸다.

 하루에 한 번은 방문을 닫고 햄스터가 방 안에서 돌아다니도록 했었다. 케이지의 벽을 사정없이 긁어 놓은 것을 보고 난 후부터였다. 햄스터는 정원의 손 위에 앉기도 하고 옷을 잡고 목덜미까지 기어오르기도 했다. 소파 아래나 책장의 책 사이를 기어다녔다. 어느 정도 놀았다 싶으면 들어 올려 케이지 안에 넣었다. 가끔은 케이지 문을 열어 놓아도 잠든 채 나오지 않기도 했고 놀다가 스스로 케이지로 들어가는 일도 있었다. 그래도 그렇게 방문까지 열어 놓는 건 아니었어. 사흘 전 케이지의 문이 열려 있었고 방문도 열어 둔 채 정원은 한참 욕실을 청소하고 있었다. 케이지 문이 열린 걸 알았지만 돌아다니는 녀석을 집어 올려 넣으면 될 거라고 쉽게 생각해 버렸다. 그날 밤 햄스터는 보이지 않았다. 배가 고프면 나타나리라고 생각했지만 그렇지 않았다. 사라진 지 사흘째 정원은 현관문과 창문을 꼭꼭 닫고 군데군데 먹이를 뿌려 두고서야 외출을 할 수 있었다.

 끓고 있는 냄비의 불을 낮추고 뚜껑을 열었다. 국물 끓는 소리와 함께 단 간장 냄새가 집 안에 퍼져 나갔다. 정원은 어두워지는 거실 소파에 앉았다. 집 안 구석구석에 시선을 가만히 옮겼다. 창밖으로 맞은편 아파트 창문들이 하나둘 밝아졌다. 준수는 연락이 없었다. 학원이 끝나고 집에 도착할 시간이 지나 있었다. 정원은 전화기를 들었다. 엄마, 유난히 조용한 곳에서 준수의 목소리가 울렸다. 학원에서 보강을 잡았기 때문에 이미 밥을 먹었고 보강 끝나고 가겠다고 말했다. 실망감을 감출 수 없었다.

그럼 엄마한테 미리 전화를 했어야지. 그런 생각은 하지 않니?

갑자기 보강한다고 하셨어.

전화는 왜 못 했어?

얼른 밥 사 먹어야 해서…… 뭐 그런 것까지 뭐라 그래?

전화를 끊고 정원은 어두워진 거실에 우두커니 서 있다가 닭볶음탕이 떠올라 부엌으로 달려갔다. 가스불을 껐다. 잘 익어 반투명해진 감자와 당근 사이로 윤기 나게 졸아든 캐러멜 빛깔의 닭을 한동안 바라봤다. 준수가 감자를 좋아했다. 감자를 듬뿍 넣으려고 일부러 한 번 더 마트에 다녀와 만든 것이었다.

잘 조려진 몸통과 날개, 감자를 곱게 떠 접시에 담았다. 밥도 조금 떠서 접시 한쪽에 놓고 식탁에 앉았다. 입맛이 사라졌다. 변성기인지라 낮고 쇳소리가 섞인 준수의 목소리가 귀에 맴돌았다. 뭐 그런 것까지 뭐라 그래? 그러게, 애 탓도 아닌데 뭐 그런 것까지. 공부한다는 아이에게 잔소리를 하고 말았다. 사실 누구와 무슨 밥을 어떻게 먹었는지 알고 싶었지만 시시콜콜 물어보면 준수는 귀찮아했다. 분명 삼각김밥이나 사 먹고 말았을 테지. 예고 없이 보강을 하는 학원이 원망스러웠다. 오늘 저녁 아이와 밥을 먹으면서 햄스터 이야기를 하려고 했었다. 준수는 햄스터가 없어진 것을 몰랐다. 이대로 혼자만 알고 있다가 며칠 지나면 정말 햄스터는 스르르 없어져 다시는 찾을 수 없을 것 같았다. 어디를 간 거야, 정말. 원망 섞인 혼잣말이 튀어나왔다.

6개월 전 준수가 친구에게서 새끼 햄스터를 얻어 왔다. 빈 과자 상자 안 구석에 희끄무레한 먼지 뭉치 같은 게 있었다. 호두 크기만 한 회색 먼짓덩어리에 검은 깨알이 세 개 붙어 있었다. 두 눈과 코였다. 싱그러웠다. 그건 결국 쥐였으니까. 꼬리가 없는 건 다행이었지만 내키지 않았다. 쥐와 함께 살 수는 없잖아! 놀라운 건 준수는 스스럼없이 그걸 만지고 쓰다듬는 것이었다. 준수는 낯선 사람에게는 눈을 깔고 등을 슬그머니 돌리는 소년이었다. 친구 없이 혼자 겉돌까 봐 정원은 학년이 바뀔 때마다 안절부절못했다. 친구를 사귀는 데엔 관심이 없어 보였던 아이가 햄스터를 키우겠다고 떼를 쓰는 모습이 신기했다. 아이가 이토록 뭔가를 간절히 원하는 것도 드문

일이었다. 그러니 어쩔 수 없었다. 정원이 마음을 바꿔야 했다. 개나 고양이보다 털도 안 날리고 제 집에만 있을 테니 눈에 안 보이면 괜찮을 것 같았다. 먹이를 챙기고 집을 매일 깨끗이 치우겠다는 약속을 받고 정원은 준수가 햄스터 키우는 것을 허락했다.

햄스터에게 집이 필요했다. 대형마트의 반려동물 코너에는 개, 고양이, 새, 물고기를 지나고 기니피그와 토끼를 지난 뒤에 햄스터가 나왔다. 반려동물의 세계에 카스트제도가 있다면 햄스터는 불가촉천민이었다. 서너 종류의 케이지가 있었지만 하나같이 천박해 보이는 형광색 플라스틱과 철창으로 만들어진 것들이었다. 선택의 여지가 없었다. 크지도 작지도 않은 중간 크기의 케이지를 골랐다. 뚜껑을 겸한 천장은 투명한 핫핑크색이었고 뒷벽과 바닥은 노란 형광색 플라스틱이었다. 앞면과 옆면으로 쇠창살이 둘러져 있었다. 물통은 창살에 매달 수 있고 1층과 2층은 미끄럼틀로 연결됐다. 2층 벽에는 달리기를 할 수 있는 쳇바퀴가 달려 있었다. 작고 조잡한 케이지였다.

케이지 안에 붙은 플라스틱 미끄럼틀이나 쳇바퀴가 상기시키는 것이 있어 한참 들여다보다가 정원은 하, 쓰게 웃었다. 정원이 결혼했던 예식장이었다.

결혼식장은 지방 소도시의 재래시장 입구에 자리 잡은, 그

도시의 유일한 예식장이었다. 테이블과 의자의 디자인, 식장의 전체적인 인테리어 콘셉트는 그리스식이라고 해야 하나, 기둥 끝부분이 고사리처럼 둥글게 양쪽으로 구부러진 모양이었다. 저것이 이오니아 문양이었나? 우유가 치즈로 변하듯이 원래는 흰색이었겠지만 누렇게 변색된 이오니아 양식의 문양이 곳곳에 새겨져 있었다. 오래전 유행인 듯했다. 식장으로 들어가는 출입문 양쪽과 버진로드의 시작과 끝에 같은 문양의 기둥이 세워져 있었다. 하객들이 앉았을 때 보이는 전면 벽 가득 포도송이들과 화살을 움켜쥔 큐피드가 부조로 매달려 있었다. 식장 바닥에 깔린 붉은색 카펫은 조도 낮은 형광등 아래서 더욱 짙고 어두워 보였다. 서울에서 신부 화장을 하느라 조금 늦게 도착한 정원은 예식장을 보고 충격을 받았다. 얼굴이 검고 젤을 발라 짧은 머리카락이 뾰족뾰족 솟은 매니저가 다가왔다. 신부님, 화장 직접 허셨는가배요? 입술이 너무 허여멀거하다. 친구분한테 립스틱 좀 빌려 달라 해가 바르이소. 얼굴이 굳은 정원에게 그는 신랑 신부는 꽃마차를 타고 버진로드 입구까지 등장한다고 말했다. 꽃마차를 타고 싶지 않아요. 정원이 말했다. 어데요, 그기 우리 결혼식장의 자랑입니더. 꽃마차를 따악 타고 나오면 하객들이 까암짝 놀랍니더. 안 타면 안 됩니더. 손해 보는 깁니더. 매니저는 당치 않은 소리라며 정원의 의견을 일축했다. 정원은 눈으로 남편을 찾았지만 그는 식장 입구에서 손님들에게 고개를 숙이느라 바빴다. 그의 얼굴에 어린 평온한 미소에 정원은 마음을 추슬렀다. 청담동 미용실에 넉 달 전에 예약해서 받은 내추럴 콘셉트의 핑크빛 입술을 악물고 정원은 네 개의 이오니아식 기둥과 비닐 포도 덩굴이 꽃과 함께 늘어진 전동식 꽃마차 앞에 섰다. 남편이 그녀의 손을 잡아끌었다.

모든 것이 일종의 은유였다. 조잡하고 오글거림은 가정을 이루기 위해 거쳐야 할 통과의례였다. 꽃마차를 향해 환호하며 손뼉 치는 하객들에게 정원은 미소로 답례했다. 견딤 없이는 얻는 것도 없다는 것을, 그리하여 하객들의 박수는 행복한 가정이라는 목표를 향해 숱한 고난을 거치게 될 두 사람을 응원하는 것임을, 정원은 고개를 끄덕이며 눈을 붉히며 환호와 박수에 응대했다. 역경을 딛고 마침내 해피엔딩으로 나아가겠다고 스스로와 약속했었다.

중국산 케이지에 들어간 햄스터는 준수 방 한구석에 자리 잡았다. 아이는 햄스터를 잘 돌보겠다고 약속했지만 얼마 안 가 시큰둥해졌다. 햄스터의 물통은 곧잘 비어 있었다. 밀봉해야 하는 사료 봉지는 열려 있어서 나방이 안에 알을 까기도 했다. 어떤 날은 케이지 뚜껑을 제대로 닫지 않아서 햄스터가 식탁 위에 갑자기 나타난 적도 있었다. 정원은 초조해졌다. 아이 방에 들어가 수시로 물을 채워 넣고 뚜껑이 잘 닫혀 있는

지 확인했다.

　밤새 햄스터가 노는 소리 때문에 잠을 못 잤다며 준수가 짜증을 부린 날 아침 케이지는 준수의 방에서 서재로 옮겨졌다. 햄스터 키우기는 정원의 일이 되었다. 동네 사람들의 말로는 햄스터는 집에 온 지 몇 주, 길어야 한두 달 만에 죽기 마련이라고 했다. 정원은 방문을 열 때마다 햄스터가 혹시 죽어 있지 않을까 마음을 졸이며 케이지를 들여다봤다. 정원이 다가가면 구석으로 숨어 버리던 햄스터는 시간이 가면서 정원을 알아보는 듯 밖으로 나왔다. 어느 날 햄스터는 철창을 기어오르고 내려가기를 수차례 반복하더니 철창을 물어뜯기 시작했다. 왜 그러는 거야? 답답해? 정원은 한동안 햄스터를 자세히 들여다봤지만 이유를 알 수 없었다. 인터넷 검색을 하며 정원은 햄스터라는 동물에 대해 알아 갔다. 갉아 대는 것이 햄스터의 습성이었다. 햄스터가 이빨을 갉을 수 있는 나무토막을 넣어 줬다. 사족을 못 쓴다는 말린 애벌레를 온라인으로 주문했다. 추위를 싫어한다는 사실을 알고 겨울에 외출할 때에도 햄스터가 머무는 방만은 난방을 켜 놓았다. 손에 올려놓고 등을 쓸어 주면 뻣뻣했던 몸이 푸딩처럼 손바닥 위에서 녹아내렸다. 검은 줄무늬가 뻗은 회색 털에 윤기가 흐르고 까만 눈이 반짝이는 정원의 햄스터는 건강하게 6개월이 넘어가고 있었다. 정원은 햄스터가 자랑스러웠다.

중2 수학반이요? 아까 수업 끝났는데요. 다들 집에 갔어요. 오늘 보강 없었는데요?

준수에게 전화했지만 받지 않았다. 두 번, 세 번 전화를 하다가 정원은 소파에 앉아 깊은 숨을 연거푸 내쉬었다. 싹수가 노란 놈 같으니라고. 거짓말이나 하고. 도대체 뭐가 문제인 건지. 남편 역시 전화를 받지 않았다. 언젠가부터 그는 정원의 부재중 전화에 응답을 하지 않았다. 다들 나한테 왜 이러는 거야. 정원은 준수의 행동과 함께 육아의 책임을 나몰라라 하는 남편에게 섭섭했던 말들로 톡을 작성했다. 다 쓴 뒤에 읽어 보니 보낼 수 없었다. 쓰면서 마음이 진정된 것이다. 올 수도 없는데 말하면 무엇 하나. 멀리서 줄 수 있는 도움은 추상적이었다. 쓴 것을 삭제하고 이성적으로 준수가 한 일만 썼다. 남편이 준수의 행동에 좀 더 적극적으로 개입하길 바라면서. 하지만 톡은 읽히지 않았다. 밤 9시가 가까워진 시간에 톡을. 읽지. 않을. 이유는. 무엇인가. 더. 화가. 난다. 남편의 직장이 지방으로 옮겨진 지 2년째였다. 갑자기 이뤄진 결정이었다. 함께 가지 않은 이유는 순전히 교육 환경 때문이었다. 남편은 갑상선이 좋지 않아 늘 피곤해했다. 자기 몸 추스리기도 힘들기 때문에 정원은 애초부터 많은 걸 바라지는 않았다. 하지만 남자아이인 만큼 아빠가 더 잘 아는 그런 것을 돌봐 주기를 기대했다. 예를 들면 준수가 야동을 본 것을 알았을 때 정원이 울면서 남편에게 전화했던 날, 바쁘니까 일단은 끊으라는 말을 남긴 뒤 그날 밤 전화가 없었던 것은 분명 정원이 바라던 바가 아니었다. 정원이 잠시 뒤 다시 휴대전화를 봤지만 1은 여전히 지워지지 않았다.

10시 직전에 준수가 들어왔다. 정원은 문을 열고 들어오는 준수에게 다가가 팔을 잡아당기며 냄새를 킁킁 맡았다. 아, 왜 이래! 준수가 팔을 거칠게 잡아 뺐다. 펄럭이는 재킷에서 담배 냄새가 났다.

어디 갔다 왔어?

…….

왜 말을 못 해?

…….

왜 말을 못 해! 피시방 갔어?

응.

잘했네. 잘했어.

다 간다고. 말하면 못 하게 할 거면서!

피시방이 그렇게 떳떳해? 거짓말까지 해 놓고 무슨 큰소리야!

나 숙제해야 돼.

아, 담배 냄새. 담배도 피워?

…….

아예 술도 마시지 그래? 응?

안 펴. 넘겨짚지 마. 그리고 담배도 술도 다 해 본 애들이 얼마나 많은지 알아? 별거 아닌 일 갖고 엄마는 왜 그래? 피시방 간다고 난리 치는 사람은 엄마밖에 없다고.

아니 그럼 중학생이 피시방 가서 담배 피우고 술 마시는 게 정상이란 말이니? 너도 그러고 싶은 거야?

누가 하고 싶대?

네 잘못은 왜 인정 안 하는 거야!

아, 짜증 나. 아무것도 아닌 것 같고. 자꾸 좀 뭐라 하지 말라고요!

준수가 꽥 소리를 지르면서 방으로 들어갔다. 방문이 거칠게 닫혔다.

정원은 오랫동안 잠들지 못했다. 준수가 4학년 때 담임교사가 했던 말이 떠올랐다. 어머니, 그렇게까지 안 하셔도 돼요. 시간표에 체육이 든 날이면 정원은 갈아입을 옷과 신발을 따로 비닐봉지에 싸서 가방에 넣어 보냈다. 먼지가 묻은 체육복을 입고 들어와 수업할 걸 생각하니 귀찮아도 그렇게 하는 게 맞았다. 그런데 담임교사가 연락을 했다. 그렇게까지 안 하셔도 돼요, 어머니. 교사는 웃으면서 괜찮다고 말했지만 정원은 하나도 웃기지 않았고 괜찮지도 않았다. 담임의 말은 마치 쓸데없이 그런 걸 해서 왜 아이를 그리고 담임인 자신까지 피곤하게 하느냐고 비난하는 것 같았다. 생각하면 할수록 억울했고 담임이 가르치듯 말하는 것 또한 불쾌해서 정원은 이후로 학급 행사에 참여하지 않았다. 체육 시간이라고 따로 옷을 챙겨 보내지 않았지만 교사 평가엔 낮은 점수를 줬다.

아무것도 아닌 것 갖고 자꾸 그러지 말라는 준수의 말이 정원의 귀에 바늘처럼 꽂혔다. 꼴 보기 싫은 그 담임교사가 자꾸 떠올랐다. 아니 그럼 대체 뭐를 해야 하는 건가. 귀찮아도 할 일을 하겠다는 건데, 뭐가 아무것도 아닌 건데? 나쁜 환경으로부터 아이를 보호하는 것이? 그게 시시하다는 건가? 피시방에 가고 거짓말을 하는 게 아무것도 아니라는 거란 말인가. 그 정도는 웃으며 괜찮다고 넘겨야 한다는 건가. 햄스터가 없는 것도 모르면서, 이대로 두면 영영 사라질 것도 모르면서. 그것 또한 정원의 부아를 돋웠다. 햄스터는 그날도 나타나지 않았다.

햄스터가 사라진 지 나흘째, 아침을 먹지 않고 나가려는 준수를 정원이 붙잡았다. 닭볶음탕을 데웠다. 준수는 말없이 앉아 밥을 먹기 시작했다. 정원은 설거지를 하는 척하며 준수가 무엇을 얼마나 먹고 있는지 신경을 쏟았다. 준수가 일어나 빈 밥그릇을 설거지통에 집어넣었다. 다 먹었어요. 준수가 말했다. 여전히 세제가 묻은 그릇을 손에 쥔 채 정원이 말했다.

양치질하고 가라. 비 올지 모르니까 우산 챙기고. 준수가 화장실에 들어간 사이 정원은 깨끗이 비워진 그릇에 마음이 누그러졌다. 정원이 내민 용돈을 받아 들고 준수는 현관을 나섰다. 책 무게로 처진 검은 백팩이 준수의 어깨에 달려 있었다. 배고프면 편의점 말고 김밥집에라도 가. 정원은 준수의 등에 대고 말했다. 응. 짧은 대답이었지만 정원은 흡족했다.

아파트 옆 근린공원의 벤치에 앉아 있던 정원은 개를 데리고 가는 여자를 보았다. 개의 목줄이 여자의 손에 잡혀 있었다. 군살이 없는 개는 트레이닝복을 입은 여자의 엉덩이에 닿을 만큼 키가 컸고 군살 없는 다리가 미끈하게 뻗어 있었다. 중세 시대 귀족을 따라다니는 사냥개 같은 풍모였다. 어슬렁거리는 비둘기 몇 마리쯤은 낚아챌 것처럼 날쌔고 튼튼해 보였다.

문득 햄스터에게 목줄을 했어야 했다는 생각이 들었다. 목줄을 했더라면 사라지지 않았을 것이다. 하지만 햄스터에게 어떻게 목줄을 할 수 있나. 맞는 목줄이 없겠지. 다음엔 목줄을 할 수 있는 동물을 키워야겠다는 생각이 들었다. 아니면 아예 금붕어나 거북이같이 상자에서 나오지 않는 것들이 좋을 것 같다. 정원의 말을 들은 남편은 왜 케이지 문을 열어 놓았느냐고 물었다. 케이지 문을 열어 놓았으니 그런 일이 생긴 건 당연한 것 아니겠냐는 듯이. 햄스터를 제대로 본 적도 없는 남편이 그런 말을 하자 화가 났다. 자신은 충분히 햄스터와 애정을 주고받았다고 생각했었다. 햄스터가 두 발로 서서 고개를 갸웃거리며 자신을 쳐다볼 때 더욱 그런 확신이 들었었다. 당신은 모른다고. 남편에게 말했지만 과연 햄스터는 다시 케이지로 돌아오려고 했을까. 정원이 그런 것처럼 수시로 정원을 궁금해하고 같이 시간을 보내고 싶어 했을까. 다시 돌아올 만큼 정원을 사랑했을까. 설마, 도망치려는 기회만 노리고 있었던 건 아닐까. 그 생각을 하자 얼굴이 화끈거렸고 심장 박동이 한 번 건너뛰었다.

여자는 개를 멈추려 했지만 잘 되지 않았다. 가까스로 멈춰 선 개에게 여자가 명령했다. 싯다운! 그레이, 싯! 개는 앉지 않았다. 여자는 엄한 얼굴로 개를 내려다보며 싯히얼, 그레이, 씻, 씻! 앉아, 앉으라고! 그레이! 여자의 높고 다급한 목소리가 개를 더욱 흥분시키는지 개는 발버둥 치기 시작했다. 두 청년이 농구공을 튕기고 있는 농구대 쪽으로 가려 했다. 여자의 손에 잡힌 목줄이 팽팽해져서 목이 졸리고 끼잉, 크헝, 하며 신음 소리를 내기 시작했다. 개 주인은 앉기 훈련을 포기하고 개에게 끌려가며 소리쳤다. 아이씨, 그레이! 너 혼난다, 그레이!

무사히 산책을 마칠 수 있을까, 피식 웃음이 났다. 주인의 말에는 아랑곳하지 않고 농구대로 달려가려고 안간힘을 쓰던 그레이. 목줄이 없으면 그레이는 당장이라도 달려 나가 사슴처럼 긴 다리로 하늘로 번쩍 뛰어오를 것 같았다. 그레이의 마음은 다른 데 있는데. 그레이의 앉기 훈련은 실패다. 뭔가 잘못됐다. 농구공 소리가 텅, 텅, 정원의 가슴을 울렸다.

햄스터를 데려온 지 한 달도 안 되었을 무렵 케이지에는 며칠간 청소를 하지 않아 변소뿐만 아니라 톱밥에도 검은깨 같은 똥들이 군데군데 많았다. 정원은 햄스터에 대한 준수의 애정이 너무 빨리 식어 버린 것이 걱정되었다. 동물을 장난감처럼 여기면 어쩌나. 기르던 새가 죽자 아무렇지 않은 얼굴로 똑같은 걸 사 오라고 말했다던 동네 아이 이야기가 떠올랐다.

정원은 그날 아이에게 훈계했다. 준수야. 누군가를 돌본다는 건 쉬운 일이 아니야. 귀찮고 힘들 수도 있어. 하지만 준수가 데리고 왔잖아. 엄마랑 약속도 했잖아. 동생처럼 돌보기로 약속했을 때는 책임감을 가져야 하는 거야. 귀찮아도 노력해야 하는 거야. 가족이 된다는 건 그런 거라고. 알았어. 알았어. 준수는 건성으로 대답했고 핸드폰에서 눈을 떼지 않았다. 당장 케이지를 치울 생각은 없어 보였다. 정원은 한숨을 내쉬었다. 더러운 케이지에 오도카니 앉아 있는 햄스터가 안쓰러워 보였다.

케이지 뚜껑을 열고 청소를 시작했다. 오줌으로 굳은 변소의 모래를 파내어 비닐봉지에 담았다. 톱밥에서 해바라기씨 껍질을 골라내다가 포기했다. 오줌과 똥과 껍질이 섞여 분리

할 수가 없어서 톱밥을 통째로 퍼냈다. 햄스터는 정원의 손을 피해 부산하게 오가더니 별안간 다가와 정원의 엄지손가락을 꽉 깨물었다. 깜짝 놀랄 정도로 아팠다. 정원은 소리를 질렀다. 준수가 정원을 보더니 말했다. 엄마, 물렸어? 물리면 아파. 놀라고 당황하여 케이지의 뚜껑을 쾅 닫아 버렸다. 햄스터는 코코넛 껍질을 엎어 놓은 동굴 속에 들어가서 나오지 않았다. 엄지손가락에는 빨간색 사인펜으로 그은 것 같은 이빨 자국이 선명했다. 안쓰러운 마음은 싹 가셨다. 뭐야, 깨끗한 집보다 똥밭이 좋다는 거야? 너 좋으라고 해 주는 건데, 너는 그걸 모르겠니? 햄스터 귀에 경 읽기였다. 햄스터는 나오지 않았다. 나와도 사과할 수도 없겠지만 분이 풀리지 않았다. 정원은 청소를 하다 만 더러운 케이지에 그날 밤 햄스터를 방치하는 걸로 벌을 가했다. 섭섭한 마음에 다음 날 저녁까지 들여다보지 않았다.

그때 물린 손가락을 유심히 들여다보았다. 작은 흉터는 거의 사라졌다. 생각해 보면 고집 센 노인네처럼 성질이 고약했어. 도대체 어디로 가 버린 건지. 긴 한숨이 나왔다.

정원이 집에 들어와 현관문을 닫았을 때 바닥에 뿌린 해바라기씨는 여전히 그대로였다. 체념 어린 한숨을 쉬었을 때 뭔가 눈앞으로 지나갔다. 반짝이가 섞인 은갈색 날개를 가진 손톱만 한 벌레가 날고 있었다. 저게 뭐야? 정원이 의아해하는 사이 똑같이 생긴 날벌레가 한 마리 더 포르르 날아올랐다. 못 보던 벌레가 갑자기 어디서…… 문득 기분이 이상했다. 정원은 주저앉았다. 햄스터가 죽었을 것이라는 생각이 들었다. 죽은 햄스터 때문에 벌레가 꼬였을 것 같았다. 정원은 소파에 앉아서 숨을 가다듬었다. 아냐, 아냐. 벌레가 나올 수는 없어. 아닐 거야. 정원은 휴지를 뜯어 벽에 붙은 날벌레에게 다가갔다. 꾹 눌러 손에 쥐었다. 날벌레인데도 순발력은 없었다. 다른 한 마리는 천장에 달라붙어 있었다. 옷을 휘두르자 천장에 붙은 벌레는 포르르 날아 벽에 붙었다. 벌레가 가만히 있는 걸 정원이 지켜보다가 다가가 휴지로 꾹 눌렀다. 한참 동안 허공을 둘러보았다. 벌레는 더 보이지 않았다.

빈 케이지를 앞에 두고 정원은 준수에게 전화를 했다.

준수야, 어디니?

학원.

준수야, 있지. 해몽이가,

그런데 문득 준수가 있는 곳이 너무나 조용하게 느껴졌다.

해몽이? 해몽이가 왜?

지금 어디야?

…….

너 학원, 아니지? 목소리가 떨렸다.

……그게 엄마…….

피시방이지?

태윤이가 가자고 해서. 30분만 하고 학원 시간 맞춰서 갈 거야. 태윤이 알잖아. 우리 반에서 제일 공부 잘하는 반장.

…….

엄마! 엄마! 그런데 해몽이는 왜?

해몽이? 네가 언제부터 해몽이한테 관심이 있었어? 이 천하의 거짓말쟁이야.

정원은 고함을 질렀다. 집에 오지 말라고 말했다. 너에게는 따뜻한 밥이 아깝다고. 피시방에서 살라고 했다. 담배를 피우든지 말든지 마음대로 하라고 퍼부었다. 어처구니없게 조악한 것들을 견디는 통과의례를 거치고 공항으로 가는 차 안에서 정원은 울렁거리는 속을 달래며 다짐했었다. 누군가와 관계를 맺는 일의 어려움을 잊지 않겠다고. 인내심을 갖고 견뎌야 관계를 지킬 수 있다고. 하지만 정말 그럴까. 노력하면 주어진다는 건 순진한 생각 아닐까. 어쩌면 나한테 이럴 수가 있어. 내가 지들한테 어떻게 했는데. 정원은 준수에게 집에 들어오지 말라고 소리를 지르고 전화를 끊었다.

발리우드 영화를 크게 틀고 있는데 전화벨이 울렸다. 남편이었다.

무슨 일이야? 웬일로 전화를 다 하셨어?

자기야, 왜 그래. 무섭게.

정원은 음소거 버튼을 눌렀다. 찰랑거리는 탬버린 소리가 사라졌다.

준수한테 무슨 이야기라도 들었나 부지?

준수 지금 여기 있어.

그래?

코미디 영화로도 풀리지 않던 날카롭고 긴장했던 마음이 누그러졌다.

아까 전화하고 혼자 심야 버스 타고 내려왔어.

쳇, 그런 깜냥도 있었어?

냉소적으로 말했지만 내심 놀랐다. 준수가 혼자 도시를 벗어난 건 처음이었다. 훌쩍 컸다고 느껴졌다. 남편은 주말 동안 준수와 둘이서 시간을 보내겠다고 말했다.

그래, 둘이서 얘기 좀 해 봐. 도대체 걔가 왜 그러는지 나는 모르겠어.

사춘기라 그래. 자기야. 게임도 많이 하고 이상한 것도 찾아보고 호기심에 별걸 다 해 보는 나이야. 사내애들이 다 그래. 너무 예민하게 굴면 준수도 힘들어.

내가 또 예민한 거야? 또 아무것도 아닌 것 갖고 내가 그러는 거야?

아니, 그런 말이 아니고. 다 큰 애를 너무 몰아세우지 말라고. 애도 힘들어.

전화를 끊기 전에 남편이 말했다.

근데 준수가 여기로 전학을 오고 싶다고 하던데, 그게 가능한 거야?

전학?

제 마음대로 안 되니까 엄마를 벗어나겠다는 것이다. 싫증 나면 버리고 돌아서는 그것은 참으로 준수다웠다. 다 너를 위해서 하는 일인데 그걸 정말 모르겠니. 자신이 없었다. 정말 케이지 문을 열어 놓아도 다시 돌아올 만큼 햄스터가 자신을 사랑했는지. 도망치려는 기회만 노리고 있었던 것이었을까. 나쁜 녀석.

정원은 전화를 끊고 손전등을 꺼내 들었다. 소파 아래, 장롱 뒤, 보일러실, 안 쓰던 붙박이장을 샅샅이 뒤지기 시작했다. 베란다 구석에 박힌 세탁기가 떠올랐다. 세탁기 위에 놓인 세제와 대야를 끄집어 내리고 배를 대고 올라탔다. 세탁기 몸체와 벽 사이 틈에 손전등을 비추면서 제발, 있기를 혹은 없기를 빌었다.

정원은 두려웠다. 자신이 마주하게 될 것이 무엇이든 간에. 죽은 햄스터일까? 그 사체에서 꼬이는 날벌레들? 자신을 책망하는 준수와 남편? 혹은 도망칠 기회만 노리고 있는 햄스터? 아니면 이 모든 걸 감당하는 자신이 마주하고 있는 것이 작고 시시한 햄스터라는 사실일까? 시시한 게 뭔데. 담배 냄새가 자욱한 곳에서 몇 시간째 움직이지 않고 앉아 있는 사람들, 그곳에 중학생이 드나드는 것이 정말 아무것도 아닌 건가. 세탁기 뒤에도 햄스터는 없었다. 그녀는 늦게까지 집 안 곳곳의 어두운 곳을 뒤졌지만 끝내 햄스터를 찾을 수 없었다.

다음 날 정원은 대형마트에 갔다. 햄스터가 사라진 지 닷새째였다. 애완동물 코너의 동물들을 천천히 구경했다. 마지막으로 작은 플라스틱 상자 안에서 노는 햄스터들을 지켜봤다. 넓은 밀밭을 연상시키는 황금색 짧은 털을 가진 작은 햄스터가 눈에 들어왔다. 정원이 들여다보자 햄스터는 기다리고 있었다는 듯이 다가왔다. 까만 눈동자로 정원을 올려다봤다.

아이 예뻐라.

정원은 그것을 한참 들여다봤다.

얼마인가요?

이건 골든이라 좀 비쌉니다. 한 마리 만 팔천 원입니다.

목덜미에 상처가 있네요.

황금색 털에 핏방울이 말라붙어 있었다. 판매원이 햄스터의 목 부위에 있는 털을 쓿어 살펴봤다.

그렇네요. 다른 걸로 갖고 가세요.

하지만 험한 일을 겪은 것 같은 햄스터가 안쓰러워 보였다.

그냥 이걸로 할게요.

판매원이 햄스터를 작은 박스에 담아 건넸다. 정원이 박스에 담긴 햄스터에게 속삭였다.

집에 가자. 엄마가 잘 보살펴 줄게. 맛있는 먹이도 주고 집도 매일 치워 주고. 건강하게만 자라렴. 아무 걱정 하지 말고.

3

달려라 햄스터

퇴근 시간이다. 시내로 향하는 차들 사이를 빠져나와 바닷가 쪽으로 나아간다. 도착한 곳은 인적이 드문 아담한 해변이다. 주차장은 텅 비어 있다. 트렁크에 걸터앉아 웨트슈트로 갈아입는다. 직장을 구한 후에 가장 먼저 짐칸이 넉넉한 차를 샀다. 대중교통이 불편하기도 했지만, 짐이 많았기 때문이다. 뒷좌석을 접어 서핑과 다이빙 용구를 싣고 다녔다. 보드를 한 팔에 끼고 맨발로 모래사장을 걷는다.

초가을 저녁 공기가 미지근하다. 한여름의 열기가 사그라진 해변에는 빛바랜 자연스러움이 남았다. 파도만이 힘이 안 빠진 듯 온몸을 모래에 부딪쳐 포말로 사라진다. 보드를 내던지고 천천히 물속으로 들어간다. 바닷물이 종아리를 거쳐 허벅지를 감쌀 때 온몸의 털이 바짝 선다. 부르르, 몸을 한번 떤다. 바닷물이 허리까지 올라오면 보드에 배를 대고 엎드린다. 천천히 팔로 패들링을 하며 나아간다. 수평선을 바라보며 미끄러져 들어간다. 어느 순간 멈춰 파도를 지켜본다. 끊임없이 밀려오는 크고 작은 파도를 응시한다. 저것이다, 싶은 힘차고 높은 파도가 눈에 띈다. 해안 쪽으로 보드를 돌려 팔을 젓는다. 내가 밀어내는 속도보다 파도가 훨씬 빠르게 다가온다. 순식간에 보드를 뒤에서 붕 밀어 올린다.

이때다. 두 발을 당겨 보드판 위에 일어서려는 순간 딸려온 다리가 너무 짧다. 회색 털이 숭숭 다리를 덮고 분홍색 구부러진 발톱이 발가락에 초라하게 붙어 있다. 아, 난 햄스터지, 깨달음이 뒤통수를 때린다. 짧은 네 다리로 보드판에 매달려 보지만 보드는 맥없이 뒤집혀 파도 속으로 빨려 들어간다. 사지를 버둥거리는 그때 상앗빛으로 밝게 빛나는 네 개의 기둥이 하늘에 떠 있는 것을 본다. 저것은! 그것은 젖지 않은 네 개의 손가락이다. 손가락이 천천히 내려와 구명보트처럼 나를 건져 올린다. 나는 필사적으로 손가락에 매달린다.

현수는 경련처럼 짧은 기지개를 켜며 일어났다. 요즘 자주 꾸는 악몽이다. 포말 속으로 빨려 들어갈 때의 느낌이 아찔하다. 심장이 두근거린다. 등을 들썩이며 숨을 들이마신다. 은은

한 톱밥 냄새가 난다. 목 아래는 톱밥 속에 파묻혀 있고 갖고 놀던 나무토막이 머리를 누르고 있다. 천천히 머리를 흔들어 나무토막을 밀어낸다. 뿌연 시야 너머로 초저녁 빛이 고즈넉이 떨어지는 창문이 보인다. 책장에서 풍기는 오래된 책 냄새도 여전하다. 들숨과 날숨을 길게 내쉰다. 볼에서 해바라기씨를 하나 꺼내어 잘근잘근 씹는다. 쭉정이는 입 밖으로 퉤, 내뱉는다. 멀리 부엌에서 냉장고 문 여닫는 소리가 들린다. 혜원이 외출에서 돌아온 것이다. 여느 때와 다름없는 평범한 초저녁이다.

완성하지 못한 소설 때문이야. 현수는 생각한다.

케이지는 안락했다. 톱밥도 모래도 늘 보송했다. 심심할 땐 나무토막에 이를 갈았다. 강하게 약하게 박자를 맞춰 갉았다. 혼신을 다해 갉거나 가끔은 예술혼을 불태워 아름다운 무늬를 새겼다. 무엇이든 좋았다. 현수가 해먹에 널브러져 있으면 혜원이 다가와 먹이를 주었다. 신선하고 맛있었다. 새로운 먹이를 입에 물고 1, 2층을 구석구석 뛰어다녔다. 배불리 먹고 나면 혜원은 손가락으로 현수를 부드럽게 애무해 주었다. 현수가 축 늘어지면 혜원은 사랑스러운 눈길로 바라보면서 한껏 더 구석구석 만져 주었다. 현수는 이것에 거의 중독되었다.

전에는 몰랐던 혹은 다르게 생각했던 것들을 느꼈다. 시야가 흐릿해졌다. 대신 냄새나 소리로 주변을 더 예민하게 감지할 수 있었다. 혜원의 체취와 화장품 냄새가 강하게 느껴졌다. 가끔은 방금 바르고 온 로션 냄새가 싫어 동굴 안으로 숨었다. 역겨울 지경인데도 혜원은 전혀 눈치채지 못했다. 마찬가지로, 때로는 혜원의 몸짓을 이해할 수 없었다. 현수의 양손을 잡고 흔든다든지 코를 문지른다든지 하는 행동들. 그럴 때 현수는 혜원의 아몬드 같은 눈을 바라보며 고개만 갸웃할 뿐이었다. 혜원은 그런 반응조차 무척 좋아했다.

분에 넘치는 생활이었다. 혜원은 케이지 문을 잠그는 것을 더 이상 잊지 않았다. 이대로라면 오랫동안 어쩌면 죽을 때까지 '먹고 노는 삶'이 완성되었다. 그것도 H 아파트에서 말이다. 반지하방에 살던 때와 비교하면 거의 완벽하다고 말할 수 있는 삶이었다. 다만, 하나 성가신 것이 있었다.

소설을 완성해야 해요. 현수가 혜원에게 말했다.

소설? 혜원은 고개를 갸웃했다. 소설, 이라는 단어를 오랜만에 떠올린 듯 시간이 걸렸고 순간 눈빛이 후퇴하는 것처럼 흐려졌다.

소설 쓰려고?

혜원은 현수를 꺼내어 손바닥에 올려놓고 승모근을 주무

르기 시작했다.

네.

현수는 자신도 모르게 비굴한 웃음을 띠며 말했다.

다 좋은데 그게, 자꾸 생각나요.

소설 써서 뭐 하게. 누가 읽어 준다고. 쓰느라 골치만 아프지.

로션 냄새가 조금 거슬렸지만 견갑골을 문지르는 손길은 섬세했다. 현수는 눈을 지그시 감고 잠꼬대하듯 중얼거렸다.

맞아요. 근데 악몽을 자꾸 꿔요. 쓰다 만 것 때문에 그런가 싶어서요. 그것만 완성하면 괜찮을 것 같아요.

쓰다 만 소설이 떠올랐다. 무시할 수 있을 줄 알았다. 하지만 깨알처럼 작았던 욕망은 시간이 지날수록 사라지기는커녕 떡잎을 틔우고 굵은 줄기를 뻗어 현수의 안온한 삶을 조금씩 옭아매고 있었다. 소설을 완성하고 나면 귀찮은 이 욕망도 뿌리 뽑히리라 믿었다.

혜원은 말했다.

알았어. 그렇게 해. 내가 도와줄게.

오마이…… 헤븐. 현수의 가슴이 뻐근해졌다. 혜원의 눈을 바라보며 사랑해요, 라고 말하며 현수는 푸딩처럼 흘러내렸다.

서재의 책상에는 거의 쓰지 않는 컴퓨터 한 대가 있었다. 혜원이 컴퓨터를 켰다. 현수가 바닥에서 올라오기 쉽도록 의자를 책상에 기대 놓았다. 오랜만에 책상에 앉으니 감회가 남달랐다. 현수는 매일 소설을 썼다. 길 잃은 햄스터가 주인공이었다. 햄스터 됨을 정확히 알기 때문에 막힘없이 이야기가 진행됐다. 길 잃은 햄스터를 어떤 길로 안내할지 고민하며 글을 써 나갔다. 컴퓨터를 사용하는 일도 점차 익숙해졌다. 주로 혜원이 잠들어 있을 때 모니터의 밝기를 최대한 낮추고 글씨를 키운 상태로 한 자 한 자 키보드를 눌렀다. 한창 소설을 쓰고 있다가 문득 동이 트는 것을 보고 깜짝 놀라곤 했다.

소설이 잘 쓰일 때 혜원이 찾으면 내심 귀찮을 때도 있었지만 얼른 케이지로 들어가 돌봄을 받았다. 글이 잘 풀린 날은 뿌듯한 마음으로 케이지로 들어가 잠을 청했다. 혜원의 가족이 올라오는 주말에는 케이지 안에서 모래 목욕을 하거나 해먹에 누워 소설 내용을 궁리하며 지냈다.

현수는 혜원이 다가오는 소리를 듣고도 케이지로 들어가지 않았다. 레이저 프린터에서 막 출력된 따끈한 종이 위에 앉아 있었다. 발걸음 소리가 점점 커지고 방문이 열렸다.

어?

해바라기씨 봉지를 든 혜원이 케이지로 다가가다가 책상에 앉은 현수를 보고 걸음을 멈췄다.

초고를 완성했어요. 보여 드리고 싶어서요.

현수가 원고를 가리켰다.

혜원의 눈이 휘둥그레졌다.

벌써 다 쓴 거야?

고칠 게 많겠지만 한번 보실래요?

햄스터 이야기랬지? 물론이지. 설렌다, 얘.

혜원은 원고의 첫 페이지를 위아래로 훑어 보았다.

지금 외출해야 해서 가져가서 읽을게. 그래도 되지?

현수는 해먹에 누웠다. 초고를 완성한 것이 뿌듯했고 한편으로는 허전했다. 식욕이 생기지 않았고 잠을 자거나 놀고 싶지도 않았다. 그저 혜원이 소설을 읽고 뭐라고 할지 궁금했다. 쳇바퀴를 돌리고 철창을 따라 벽을 오르내려 봤지만 재미가 없었다. 뭘 해도 집중이 되지 않았다. 해바라기씨를 입안 가득 넣고 지근지근 씹으면서 톱밥 속에서 잠을 청했다.

눈을 떴을 때 화장품 냄새가 났다. 현수가 번쩍 몸을 일으켰다. 몸을 흔들어 톱밥을 털어 내고 두리번거렸다. 혜원이 케이지 앞에 앉아 있었고 손에는 원고가 들려 있었다.

왔어요? 깨우지 그랬어요?

현수가 케이지 문을 잡고 일어섰다. 혜원이 문을 열었다. 현수가 케이지 밖으로 나가 혜원과 마주 봤다. 혜원의 얼굴이 비로소 또렷이 보였다. 그런데 표정이 좋지 않았다. 혜원은 현수를 힐끗 쳐다보고는 다시 묵묵히 원고로 눈을 돌렸다. 일부러 눈길을 피하는 듯했다. 소설이 별로였나? 침묵을 견딜 수 없어 마침내 현수가 물었다.

다 읽었어요? 어땠어요?

소설을 읽어 본 적이 별로 없어서…….

혜원이 우물거리며 말했다.

괜찮아요. 솔직히 말해 줘요.

도대체 이해가 안 되는 이야기야.

현수는 내심 충격을 받았지만 수치심 탓에 얼른 대답했다.

네. 그럴 수 있어요. 초고니까요. 괜찮아요.

미소를 보이려 했으나 얼굴이 아니 배가 뜨겁게 붉어지기 시작했다.

영 아니던가요?

현수가 물었다.

일단 해피엔딩이 아니야. 지난번에 해피엔딩을 부탁했었는데 기억나?

아, 해피엔딩. 혜원이 그것을 원했었다. 하지만…… 현수의 마음은 복잡해졌다. 혜원의 말대로 결말을 바꿔야 할 정도로 혜원이 이 소설에 진심인지는 몰랐었다. 그렇다 하더라도 그래야 할까?

그러니까, 혜원이 말했다.

나 때문에 햄스터가 도망갔다는 거잖아.

혜원의 검고 차가운 눈에서 뾰족한 얼음 조각이 튀어나올 것 같았다. 현수는 시선을 피했다.

아, 아니. 그게 아니에요.

맞잖아. 그래서 아들도 햄스터도 사라졌다는 거잖아.

그건 그렇지만.

뭐?

아, 아니 그게 아니라.

정신을 차려! 그게 맞는지 아닌지 모르겠지만 절대 그렇게 말해선 안 된다!

뭐가 아니야. 그렇게 쓰여 있는데. 내가 모를 것 같아? 왜 거짓말을 해?

아니. 잠깐만. 잠깐만요.

혼란스러웠다. 현수가 머리를 감싸 쥐고 미친 듯이 쓸어내렸다. 그래, 맞다. 혜원의 말이. 그러니까 현수는 그렇게 썼다. 중요한 점은 그 여자가 혜원이 아니라는 것이다. 문제는 혜원이 스스로를 소설의 주인공으로 여기고 있다는 점이었다.

현수가 외쳤다.

잠깐만요. 네. 맞아요. 거짓말이 아니라 그건 맞는데요. 그런데 중요한 건, 이 여자가 혜원 씨가 아니란 거예요. 현수가 외쳤다.

햄스터를 잃어버린 혜원 씨를 만나서 이야기가 시작되긴 했어요. 하지만 소설 속 여자는 혜원 씨가 아닌 '정원'이라는 허구의 인물이에요. 있었던 일을 쓴 것이 아니란 말이에요.

혜원이 미간을 찌푸렸다. 잠시 생각에 잠긴 듯했다.

하지만 나한테는 와닿는 게 있었는걸. 마치 나를 비난하는 것처럼 느껴져.

알아요, 알아요. 현수가 다급하게 말했다.

햄스터를 잃어버린 혜원 씨에겐 그렇게 느껴질 수 있어요. 하지만 전혀 아니에요. 이건 그냥 만들어 낸 이야기라고요.

혜원이 천천히 일어났다. 책장 앞을 왔다 갔다 하며 현수에게 고개를 돌렸다.

그래, 맞는 말이야.

혜원은 웃고 있었다. 순간 현수의 배에 소름이 돋았다.

소설이니까. 지어낸 이야기라는 건 맞지. 다만, 더 재미있게 쓸 수 있잖아. 밝고 행복한 이야기로. 햄스터를 잃어버리고 집 안을 뒤지는 이상한 여자가 나오는 소설보다는, 누가 그래? 너무 이상한 사람이잖아. 내가 햄스터를 잃어버린 것에서 아이디어를 얻었으니까 애정이 가는 건 맞아. 근데 재미가 없어서 사람들이 안 읽으면 어떡해?

혜원이 한층 누그러진 목소리로 말했다.

섭섭했던 거 아니지?

아, 그럼요. 아니에요. 라고 현수는 거짓말을 했다.

물론 재미있는 부분도 있었어. 개가 나오는 부분은 실감 나고 재미있더라.

그래요?

현수의 쪼그라든 마음이 슬그머니 펴졌다.

그래. 재미있는 부분도 많았어. 근데 햄스터가 결국 나타나지 않는 것이 마음에 걸린다. 이렇게 끝나는 이야기가 무슨 의미가 있어? 초고라니까 말인데,

혜원이 다시 정색하며 말했다.

위로와 감동을 주는 이야기가 필요해. 예를 들면 햄스터가 온갖 역경을 이겨 내고 집을 찾아오는 과정이라든가. 희망찬 해피엔딩을 만드는 거야. 그래야 읽힐 거 아냐.

현수는 대답하지 않았다. 아까부터 볼 속에 넣어 둔 해바라기씨를 꺼내어 죽이 될 정도로 씹고만 있었다. 그걸 본 혜원이 생각난 듯 물었다.

배고프니? 아! 잠깐만, 먹이를 새로 사 왔어. 고단백 고지방이라 활동량이 많은 햄스터에게 딱이래. 얼른 가져올게. 조금만 기다려.

혜원이 방문을 벌컥 열고 나갔다. 현수는 힘없이 책상에서 내려와 케이지로 들어갔다. 피곤해서 몸을 가누기 힘들었다. 톱밥 침대에 몸을 던졌다. 숨을 쉴 때마다 가르르르 가르

르르 소리가 났다. 기대가 너무 컸을까. 속상함을 부인할 수 없었다. 가르르르 가르르르 숨소리가 좀 더 격해지고 눈물과 콧물이 뒤섞여 흘렀다. 발자국 소리가 들렸지만 일어나기 싫었다. 방문이 벌컥 열리고 상기된 혜원의 목소리가 들렸다.

맛있는 거 먹자.

구수하고 꾸릿한 냄새가 코를 찔렀다. 강렬한 냄새 속에서 곧 케이지 뚜껑이 열리고 손가락이 들어왔다. 손가락은 부드럽게 현수를 쓰다듬기 시작했다. 현수는 벌떡 일어나 손가락을 힘껏 물어뜯었다.

악!

혜원은 소스라치며 손가락을 빼냈다.

어머, 아파!

믿기지 않는 듯이 손가락을 감싸 쥐고 현수와 손가락을 번갈아 봤다.

화났어? 그렇다고 손가락을 물어? 이렇게 아프게. 어쩌면 나한테 이럴 수 있어? 기가 막히네. 다 너 잘되라고 그러는 건데 그걸 모르겠니?

혜원이 소리쳤다. 현수는 대꾸조차 하고 싶지 않았다. 얼른 코코넛 껍데기 동굴로 들어가 톱밥에 머리를 파묻고 들썩이는 심장을 식혔다. 고함 소리가 멈췄고 방문이 요란하게 닫히고 발자국 소리가 멀어졌다. 조용한 밤이 시작됐다. 현수는 꼼짝 않고 엎드려 잠을 청했다. 괴로움을 잊을 방법은 그것밖에 없었다. 길고 서글픈 밤이었다.

화해는 다음 날 바로 이루어졌다.
새벽빛에 눈이 떠진 현수는 동굴에 틀어박혀 자신의 소설에 대해 숙고했다. 흥분이 가라앉자 냉정한 이성이 작동했다. 허점이 없다고는 말할 수 없었다. 게다가 소설에 대한 혜원의 생각에도 일리가 있었다. "재미가 없다"라는 말은 여전히 쓰리게 다가왔지만 위로와 감동을 주는 것은 문학의 중요한 효능이었다. 밝은 소설이 나쁠 것은 없지. 게다가 이건 초고니까, 헤밍웨이조차 모든 초고는 쓰레기라고 하지 않았던가. 어제 혜원의 손가락을 깨문 일이 떠올라 괴로웠다. 현수를 쓰다듬고 간지럽히고 먹을 것을 주던, 부처님 같은 손가락을…… 왜 그랬을까. 현수는 그 순간을 여러 번 돌이켜봤지만 자신도 어찌할 수 없는 강렬한 분노가 순간적으로 치밀었다고밖에 할 말이 없었다.

어쩌면 나에게 이럴 수 있어! 혜원의 슬프고도 분노 어린 목소리가 귀에 울렸다. 현수는 자신의 주둥아리를 마구 때렸다. 하지만 이 모든 이성적인 반성과 윤리적인 성찰에 앞서는 가장 강력한 화해의 동기는 다른 데 있었다. 바로 어제 혜원이 돌아왔을 때 풍겼던 그 톡 쏘는 쩌릿한 냄새. 그 냄새. 현수는 직감적으로 그것이 저항할 수 없을 정도로, 돌아 버리게 맛있는 것이었음을 알 수 있었다. 그것을 원했다. 간절히.

이성적이고 윤리적이고 햄스터적인 판단을 토대로 혜원이 들어오면 무조건 사과할 거야. 현수는 결심했다.

좀처럼 열리지 않던 문은 점심시간이 한참 지난 후에야 슬그머니 열렸다. 졸고 있던 현수는 문소리에 눈을 번쩍 떴다. 그 길로 쪼르르 달려가 케이지 철창 앞에 두 발로 섰다. 혜원이 방문을 열고 고개만 빼죽 내민 채로 케이지를 바라봤다.

미안해요 혜원 씨. 찍찍찍찍 찍찍찍.

현수는 눈을 크게 뜨고 두 손을 마주 잡고 혜원을 바라보며 연거푸 손을 비비고 고개를 갸웃거리며 사과했다. 혜원이 천천히 케이지로 다가왔다. 현수가 과장되게 고개를 갸웃거리며 애교를 부리는 모습을 혜원은 어처구니없다는 듯이 바라봤다. 오른손 약지를 현수 앞에 들이댔다.

이거 보여?

선명하게 그어진 두 개의 붉은 이빨 자국이 보였다.

찍찍찍찍. 현수는 열심히 읊조렸다. 혜원의 손가락을 두 손으로 꽉 잡고 놓지 않았다. 혜원이 좋아하는 행동이었다. 연이은 애교에 마침내 혜원의 마음이 풀린 듯했다.

내가 미쳐. 알았어. 용서할게. 다음부터 그러면 안 된다.

혜원은 먹이통과 물통이 빈 것을 확인하더니 밖으로 나갔다. 현수의 가슴이 두근거렸다. 잠시 후 현수가 기다리던 매혹적인 냄새와 함께 혜원이 다시 들어왔다.

이거 먹어 볼래?

혜원이 봉지를 부스럭거리더니 얇고 긴 나뭇가지 같은 걸 꺼냈다. 자세히 보니 줄무늬가 촘촘히 새겨진 마른 애벌레였다. 저항할 수 없는 고소한 냄새가 풍겼다. 현수는 두 손으로 창살을 잡고 애벌레를 향해 머리를 들이밀었다.

밀웜이야. 혜원이 창살 사이로 밀웜 한 마리를 현수의 입에 갖다 댔다. 예상대로 바삭한 식감에 감칠맛과 기름기가 풍부했다. 현수는 졸라서 밀웜 다섯 개를 얻어먹었다.

이제 그만. 한꺼번에 많이 먹으면 설사해요.

혜원이 봉지를 봉하며 현수를 타일렀다. 아쉬웠지만 배가 적잖이 불렀다. 혜원의 손이 다가오자, 현수는 고분고분 머리를 그 손에 맡겼다. 어제는 화가 나서 물었지만 지금은 엄지와 집게손가락 사이의 주름에 머리를 파묻었다. 손가락이 현수를 부드럽게 쓰다듬었다. 행복했다. 간질거림과 흥분 사이 어딘가에서 근육이 풀리고 졸음이 솔솔 밀려왔다. 두 손가락이 현수의 어깨를 문지르자 현수는 눈을 지그시 감았다.

착하지, 우리 아기. 길 잃은 햄스터가 얼마나 무서웠겠니. 집은 이렇게 따뜻하고 편안한데 낯선 환경이 무섭고 막막하지 않았을까. 고생을 이겨 내고 용기 내서 집을 찾아가는 결말은 어떨까.

혜원의 말이 멀리 초원에서 불어오는 봄바람처럼 부드러웠다.

햄스터가 겪는 역경과 간절한 귀가에 대해서…… 써 보는 것도 나쁘지 않네요. 아무려면 어때요. 케이지와 마사지, 그리고 밀웜이 있다면. 이것들은 길 잃은 햄스터가 목숨을 걸고 돌아올 이유로 충분한걸요. 현수는 읊조리며 잠의 나락으로 떨어졌다.

미뤄 둘 수 있다면 그렇게 사는 게 좋을 것이다. 한동안 현수는 소설에 손을 대지 않았다. 케이지 안에서 빈둥거리며 시간을 보냈다. 톱밥 속을 헤엄쳐 다니고 밀웜과 채소, 견과류를 과식하며 숨이 턱턱 막힐 때까지 쳇바퀴를 돌렸다. 노동도 없고 걱정도 없다. 얼마나 행복한가. 이것들만으로 충분하다고 몇 번이나 되뇌었다.

그러나,

그럼에도 불구하고 사라지지 않는 것이 있었다. 지겨운 어떤 것. 그것 없이도 잘 살 수 있다고 스스로를 설득하려 했고, 혜원의 손길 속에서 만족을 느끼려 노력했다. 하지만 무시하려 할수록 그것은 더욱 불거졌다. 끝내 떨쳐 낼 수 없었다. 세상에 공짜는 없다, 라는 아버지의 말처럼 이것은 햄스터 됨의

대가일지 몰랐다.

천형이로구먼.

결국 초고를 완성한 지 한 달이 지나 현수는 다시 소설을 꺼내 들었다. 낯익은 원고를 보자 혜원의 말이 떠올라 속이 쓰렸다. 자꾸만 의기소침해졌다. 내가 뭘 쓰려고 했더라. 어떻게 해피엔딩을 만들지? 그는 고심했다. 뾰족한 수가 떠오르지 않았다. 혜원이 말한 길 잃은 햄스터의 모험담은 내키지 않았다. 아무리 생각해도 혜원을 만족시킬 수 없을 것 같다는 생각이 들자 현수는 중얼거렸다.

몰래 쓰면 알 게 뭐야.

현수는 자신을 평화를 지향하는 순종적인 성격이라고 생각했지만 햄스터가 된 이후로는 자신 안에 자줏빛의 단단한 구근 같은 것이 싹튼 느낌이 들었다. 그것이 발칙하고 까칠하고 집요한 욕망을 만들어 냈다. 이것이 햄스터스러움인가? 나의 본래 모습일까? 아니면 완성을 향한 본능일까? 정확히는 모르겠지만 일단 써야 했다. 현수가 원하는 것을 문장으로 지어내야 했다.

현수는 몰래 소설을 쓰기 시작했다. 혜원이 잠든 밤에. 어두워지면 눈이 밝아지고 마음이 편안해졌다. 혜원과 밤 인사를 나눈 뒤에 집 안의 모든 불이 꺼지고 적막이 찾아온다. 밤이 깊어지면 현수는 케이지를 빠져나와 컴퓨터를 켰다. 낡은 컴퓨터는 일할 준비를 하는 데 시간이 제법 걸렸다. 우웅웅 웅우웅웅우웅. 반도체칩과 전선들의 결합체인 컴퓨터 안에서 전기신호들이 이동하는 동안 현수는 뜨끈해지는 컴퓨터에 엉덩이를 붙이고 오래전 햄스터의 조상이 쏘다니던 시리아 야생들판의 모래바람을 느꼈다. 마침내 문서 프로그램이 열리면 손가락과 발가락, 어깨와 허리, 목뼈를 부드럽게 풀며 어제 쓴 부분을 복기했다. 그리고 벅찬 마음으로 문장을 쌓아올렸다. 키보드 위를 오가며 밤을 꼬박 새우는 일은 현수에게는 전혀 어려운 일이 아니었다.

새벽빛이 스며들면 현수는 기분 좋은 나른함을 느꼈다. 뿌연 빛이 등덜미를 데우는 것을 느끼며 저장 버튼을 누르고 컴퓨터를 껐다. 밀웜과 건포도를 하나씩 먹고 동굴로 들어가 한낮까지 쥐 죽은 듯이 잤다.

요즘 몸이 안 좋아?

혜원의 아몬드 같은 눈이 동그랗게 커졌다. 눈을 깜빡이며 하품하는 현수를 걱정스럽게 바라보았다.

밥도 안 먹고 잠만 자네.

특별히 아픈 데는 없어요. 그냥 잠이 좀 많이 오네요. 환절기라 그런가?

환절기에는 잘 챙겨 먹어야지.

혜원은 신선한 밀웜, 견과류, 채소를 더욱 신경 써서 넣어 주었다. 케이지도 매일 청소해 줬다. 죄책감이 솟아났다. 혜원에게 다 말해 버리고 싶은 충동이 일었다. 하지만 혜원은 이해하지 못할 것이다. 서로 불편해지기만 할 뿐이다. 얼른 완성하자. 부딪히지 말고 피하면 돼. 구근이 그렇게 속삭이는 듯했다.

 눈을 떴을 때, 혜원이 심각한 얼굴로 컴퓨터 모니터를 보고 있었다.
 들켰다.
 등뼈를 따라 소름이 쫘악 돋았다. 간밤에 컴퓨터를 끄는 걸 깜빡한 모양이었다. 뭘 썼더라? 혜원의 표정이 심상치 않았다. 현수는 계속 자는 척을 해야 할지 망설였다. 그때 혜원이 고개를 돌려 현수와 눈이 마주쳤다. 혜원이 또박또박 말했다.
 이 천하의 거짓말쟁이 같으니라고!
 시퍼런 서슬에 현수는 한마디도 할 수 없었다. 동굴과 문 앞을 오가며 우왕좌왕했다. 동굴 안으로 숨을까 하다가 혜원의 분노를 더 키운다는 생각이 들어 얌전히 케이지 밖으로 나왔다. 두 손을 모으고 혜원 앞에 섰다. 떨리는 목소리로 혜원이 물었다.
 도대체 왜 거짓말을 하는 거야?

혜원 씨, 아무리 생각해도 해피엔딩으로 고치기 어려웠어요. 혜원 씨가 속상할까 봐 말도 못 하겠더라고요.

무슨 악취미인지 모르겠네. 그럼 불쌍한 햄스터가 어디 하수구에서 죽었으면 좋겠어? 그게 너라고 생각해 봐. 그게 무슨 봉변이냐고!

구근이 꿈틀댔다. 현수는 눌러 왔던 말을 내뱉었다.

밖이라고 다 죽는 거 아니에요. 잘 살 수도 있죠. 자유롭게 말이에요.

참 나, 네가 그래서 케이지로 들어왔니?

할 말이 없었다.

그건 그렇다고 쳐.

혜원이 한숨을 푹 내쉬었다. 눈썹이 바르르 떨리더니 숨을 골랐다.

한절기라 잠을 많이 잔다고? 그런 거짓말은 왜 하는 거니?

현수는 대꾸하지 못하고 고개를 숙였다.

나한테 이러지 마.

싸늘하게 내뱉고 혜원은 방을 나갔다. 현수는 어찌할 바를 모르고 톱밥 속에 몸을 파묻었다. 죄책감, 부끄러움, 분노가 뒤섞여 뒤죽박죽이었다. 혜원의 소설에 대한 집착이 부담스러웠다. 혜원은 예상보다 강경했다. 하지만 현수도 마찬가지였다. 아무리 케이지가 좋아도 소설만큼은 자유롭게 쓰고 싶었다.

한 번은 부딪혀야 했다.

투쟁투쟁투쟁!

현수는 햄스터스러움의 구근을 잔뜩 부풀렸다.

맞짱 뜨는 거다!

현수는 단식에 들어갔다. 혜원이 넣어 준 먹이를 건드리지 않았다. 쳐다보지도 않았다. 혜원이 밀웜을 들이밀 때는 너무 괴로웠다. 유혹적인 냄새에 거의 넘어갈 뻔했지만 땀을 흘리며 참았다. 마사지도 거부했다. 혜원이 들어오면 동굴 속으로 숨었다.

이제 내 얼굴 안 볼 거야? 심통 그만 내고 나와 봐. 내 마음도 안 좋아.

혜원이 애원할 때는 마음이 흔들렸지만 귀를 톱밥 속에 파묻었다.

지금 시위하는 거야? 하.

현수는 코코넛 동굴 속에서 껍데기의 틈으로 혜원의 무서운 눈알이 하늘로 치솟는 것을 지켜봤다.

어디 한번 마음대로 해 보시지!

케이지문이 굳게 잠겼고 방문이 요란한 소리를 내며 닫혔다.

그날 밤 혜원은 오지 않았다. 다음 날도 마찬가지였다. 슬슬 배가 고파지고 지루해졌다. 현수의 하루에서 마사지와 음식 그리고 소설을 제거하자 시간이 끔찍하게 느리게 흘렀다. 해먹에 누워 먹고 싶은 음식을 떠올리다가 미끄럼틀을 타고 내려왔다가 거꾸로 기어오르기를 반복했다. 장난감을 꺼내서 혼자 놀다가 톱밥에 얼굴을 묻고 잠을 잤다. 자다 깨어나면 가장 먼저 혜원이 있는지 살펴보곤 했다.

두 번의 낮과 밤이 지났다. 화장실 모래는 오줌으로 딱딱하게 뭉쳐져 더 이상 빈 곳이 없었다. 어쩔 수 없이 케이지 1층 구석에 오줌을 쌌다. 톱밥이 물기 묻은 생식기에 달라붙었다. 오우 쉿, 역겨워! 아까 마셨지만 물통의 물이 다 떨어졌다. 이제 오줌도 안 나올 거야. 긍정적으로 생각하려 했지만 톱밥과 똥과 오줌이 뒤섞인 바닥을 보니 구역질이 났다. 숨겨 둔 먹이도 다 먹었고 톱밥 속에 흘린 땅콩과 해바라기씨까지 주워 먹었다. 배가 고프고 갈증이 났다. 철창을 이빨로 질근질근 물어뜯었다. 혜원이 보면 기겁할 일이었다. 미친 듯이 괴성을 지르며 쳇바퀴를 돌렸지만 배만 더 고파질 뿐 혜원은 오지 않았다.

먹이통이 텅 빈 지 나흘이 되던 날, 현수는 심하게 배가 고팠다. 통통했던 볼살이 파이고 갈비뼈가 만져졌다. 힘이 없어 일어설 때 다리가 꺾이고 손이 덜덜 떨렸다. 현수는 자신이 누리는 안락한 생활을 부여하는 주체가 누구인지 여실히 깨

닿을 수 있었다. 설마 했는데 이대로 영영 혜원이 오지 않으면 어떻게 될까. 두려웠다.

그날 저녁 문이 열리고 혜원이 얼굴을 내밀어 케이지를 살펴봤다. 해먹에 누워 있던 현수는 서럽고 화가 나서 소리를 질렀다.

물이 없다고요, 물 줘요! 배고파요! 굶겨 죽일 거예요?

눈물이 터지려 했다. 혜원이 문가에서 말했다.

물 줄게.

발자국 소리가 멀어졌다. 뭔가 불길한 느낌이 들었다. 잠시 후, 혜원이 큰 생수병을 들고 돌아왔다. 익숙한 혜원의 냄새에 현수는 그리움이 일었다. 힘겹게 물통으로 기어와 현수는 물이 들어오기를 기다리며 혀를 놀렸다. 그런데 갑자기 차가운 물이 머리 위로 떨어졌다. 현수는 소스라치며 피했다. 물이 콸콸 톱밥 깔린 바닥으로 쏟아졌다. 혜원이 물통이 넘치도록 물을 계속 붓고 있었다. 톱밥이 물에 떠오르기 시작했다.

그만 부어요! 넘치고 있잖아요!

현수가 소리쳤다. 그러나 물은 계속해서 쏟아졌다. 물이 밀어 올린 톱밥이 똥과 함께 둥둥 뜨기 시작했다. 경악한 현수는 2층으로 도망갔다.

왜 이래요! 뭐 하는 거예요! 그만 부어요!

큰 생수병이 다 비워진 뒤 혜원은 천천히 뚜껑을 닫았다.

1층은 물바다가 됐다. 오줌과 똥과 톱밥, 모래가 섞이고 구리고 역겨운 토사물로 가득 찼다.

혜원이 말했다.

이런 데가 자유로운 햄스터들이 사는 곳이지. 하수구.

길을 잃은 햄스터는 놀라 소리 지르는 젊은 여자를 마주쳤다. 설마 나 때문이야? 그건 금방 확실해졌다. 여자의 목소리에 뛰어나온 한 남자가 자신에게 빗자루를 던졌기 때문이다. 날아온 빗자루에 엉덩이가 쓸렸다. 햄스터는 혼비백산하여 도망쳤다. 숨을 돌리는 것도 잠시 누군가 외쳤다. '저거 햄스터야? 햄스터다!' 작은 인간들이 손을 뻗으며 달려오고 있었다. 이유도 모른 채 햄스터는 달리고 또 달렸다.

들키면 안 돼. 직감적으로 어두운 곳을 찾아 숨어들었다. 하지만 햄스터를 위협하는 것은 인간뿐만이 아니었다. 하수구엔 악취 나는 구정물을 뚝뚝 떨어뜨리는 들쥐들이 득시글거렸다. 공원을 어슬렁거리는 비둘기의 빨간 눈은 싸늘했고 고양이와 마주쳤을 때는 온몸이 얼어붙어 발이 떨어지지 않았다. 수시로 인간들이 뿌려 대는 소독약, 아스팔트 위를 질주하는 자동차들…… 이 세상은 낮이나 밤이나 한순간도 마음 편히 숨 쉴 수 없는 곳이었다.

배가 고팠다. 인간들이 버린 음식을 먹고 싶었지만 위험이

컸다. 맛있는 냄새가 나서 다가갔는데 들쥐 네 마리가 투명한 끈끈이에 달라붙어 죽어 가고 있는 모습을 발견하기도 했다. 너무나 끔찍한 모습에 심장이 벌렁거렸다. 나무껍질과 뿌리, 야생 열매를 보이는 대로 씹고 다녔지만 먹을 만한 것은 거의 없었다. 작은 지렁이를 입에 넣었을 때는 자괴감이 들었다. 그것도 잠시뿐 허기가 지자 꿈틀거리는 작은 벌레는 훌륭한 먹이가 되었다.

비가 온 다음 날 시멘트 바닥에 말라붙어 죽은 지렁이를 발견하고 햄스터는 기쁨에 차 냉큼 달려들었다. 그런데 어느새 다가온 비둘기가 지렁이의 반대쪽 끝을 낚아챘다. 햄스터가 놓지 않자 비둘기가 부리로 햄스터의 머리를 쪼았다. 아팠다. 내가 먼저 잡았잖아! 배고픔에 솟아난 용기로 햄스터가 비둘기를 깨물려 했다. 그러자 비둘기는 자신의 다섯 배는 되는 큰 발톱으로 햄스터의 등을 누르고 부리로 세차게 머리를 찍어 댔다. 살이 찢기고 피가 흘렀다. 햄스터는 지렁이를 버리고 도망쳤다. 피투성이가 된 채로 도망치는 햄스터를 향해 비둘기 무리가 구구거렸다. 멀찍이 어두운 곳에 몸을 숨긴 햄스터는 그만 울음을 터트렸다.

케이지가 그리웠다. 해바라기씨로 가득 찬 먹이통과 물통, 보드라운 톱밥 침대가 떠올랐다. 어쩌다 그 천국 같은 곳을 나오게 됐는지 부주의한 자신이 원망스러웠다. 도처에 위험이 도사리고 배는 늘 고픈 곳이 바깥세상이었다. 그곳은 햄스터가 제 명대로 살기는 불가능한 지뢰밭이었다.

현수는 역경을 겪는 햄스터가 풍족하고 안전한 케이지를 그리워하는 장면을 쓸 때 문득 엄마가 떠올랐다. 어릴 적 영양가 있는 집밥과 보살핌 속에서 쌓은 건강과 체력이 없었더라면 방탕한 20대를 지나며 몸을 유지하기는 어려웠을 것이다. 서울에 올라와서야 비로소 끼니를 챙기는 일이 얼마나 고단한지 깨달았다. 고향집에 내려갈 때마다 특별한 반찬 없이도 두 그릇씩 밥을 비웠다. 엄마가 식탁에 앉아 현수가 먹는 모습을 지켜보며, 반찬을 계속 채워 주곤 했다. 눈물이 나려고 했다. 혜원이 의자에 앉아 모니터를 감시하는 상황이 현수를 더 감상적으로 만들었다. 혜원은 현수가 쓴 부분을 읽고 고개를 끄덕였다.

오케이. 오늘은 여기까지만. 11시 전엔 자야지.

혜원은 현수가 낮에 글을 쓰고 밤에 자길 원했다. 밤에 눈이 편안하다고 하소연했지만 혜원은 짧게 말했다.

다 적응하기 나름이야. 인간은 아니 동물이라면 환경에 적응하게 되어 있어.

혜원이 현수의 케이지에 2리터의 생수를 들이부은 날 현수는 새 케이지를 선물 받았다. 새 케이지는 더 큰 복층으로 철창 대신 투명한 아크릴 벽이 세워져 있었다. 가운데가 뚫린 통나무 장난감도 새로 들어왔다. 새 톱밥이 두껍게 깔렸다. 현수는 은은한 향이 나는 부드러운 모래에 오줌을 싸고 엉덩이를 문질렀다. 먹이통이 신선한 재료로 가득 채워졌고 화해의 표시로 수북이 담은 밀웜 한 그릇을 선물받았다.

넓어진 케이지나 밀웜, 새 장난감에도 예전과 같은 감흥이 일지 않았다. 통나무 장난감 속으로 기어 들어갔다. 통나무가 통째로 구르는 통에 깜짝 놀랐다. 어지러웠다. 입에 밀웜을 문 채 가만히 누워 어지러움이 가시길 기다렸다. 나이가 든 건가. 예전에 살았던 좁은 반지하방이 떠올랐다. 발 디딜 틈 없이 너저분하고 냄새나던 그 방에서 오줌싸개 개와 살았던 기억이 전생처럼 아득하게 떠올랐다.

밀웜은 풍족했다. 동굴 안에 차곡차곡 쌓일 정도였다. 마사지도 다시 시작되었다. 밀웜과 마사지의 삶. 이것만으로도 나쁘지 않았다. 현수는 너무 많이 생각하지 않기로 했다.

산책을 가고 싶어요.

추위가 가셨다. 열린 창문으로 부드러운 봄바람이 불어오던 날 현수가 혜원에게 부탁했다.

그럴까?

혜원이 작고 투명한 플라스틱 상자를 들고 왔다. 블루베리를 담았던 상자라고 했다. 상자 속에 들어갔더니 일어설 수는 없지만 엎드릴 수 있었다. 혜원이 상자를 가방에 넣고 바깥으로 나갔다. 혜원이 걸을 때마다 가방이 앞뒤로 크게 흔들렸다.

우어억.

현수는 상자 안에서 이리저리 쏠렸다. 아침에 먹은 밀웜과 말린 사과와 해바라기씨를 토할 지경이었다. 손톱을 세워 상자를 부여잡고 최대한 움직이지 않으려고 안간힘을 썼지만 역부족이었다. 나중에는 눈을 감고 몸에 힘을 뺐다. 흔들림에 몸을 맡기는 편이 덜 피곤할 것 같았다.

갑자기 흔들림이 멈췄다. 혜원이 아는 사람을 만난 것인지 웃음소리와 함께 목소리가 들려왔다.

나를 꺼내란 말이야!

현수는 신경질이 나서 소리쳤지만 혜원에게는 들리지 않았다. 잠시 후 다시 흔들림이 시작됐다. 봄바람을 맞으며 산책하고 싶었던 마음조차 욕심이었나. 기절하기 직전, 세상이 순간 환하게 밝아졌다. 혜원의 속눈썹과 눈알이 상자 앞에 보였다.

괜찮아?

전혀 괜찮지 않았다.

현수는 새하얗게 질린 채 겨우 눈만 깜박였다.

멀미했나 보네.

혜원이 현수를 꺼내어 손에 올려놓고 쓰다듬었다. 신물이 올라왔다. 현수는 힘없이 엎드려 눈을 껌뻑였다. 익숙한 소리가 들려왔다. 텅. 텅. 텅. 농구공을 튀기는 소리였다. 혜원이 근린공원의 늘 앉는 벤치에 앉았다는 것을 알아차렸다. 문득 오줌싸개 개가 떠올랐다. 이름이 뭐였더라? 똘이였지. 버림받는 줄도 모르고 간식만 탐닉하던 개의 얼굴이 아득하게 떠올랐다.

혹시 그 개가 근처에 있지는 않을까? 현수는 주위를 두리번거리며 킁킁거렸다. 강한 나무 냄새에 섞여 인간, 벌레, 꽃과 같은 온갖 생명체들의 냄새가 가득했다. 하지만 익숙한 똘이의 냄새는 맡을 수 없었.

그때 목줄을 한 개를 끌고 한 사람이 지나갔다.

맞다, 보여 줄 게 있어!

갑자기 혜원이 소리쳤다. 주머니에서 뭔가를 꺼내어 현수 앞에 들이밀었다. 그것은 굵은 실 끝에 동그란 금속 링이 달린 것이었다. 작은 링을 양쪽에서 잡아당기니 벌어졌다. 열고 닫을 수 있는 구조였다. 혜원은 링을 벌려 현수의 머리 위로 가져왔다. 손을 천천히 놓자 차갑고 선득한 금속 링이 목에 단단히 채워졌.

현수는 당황했다. 목을 좌우로 흔들어 링을 털어 내려 했지만 링은 단단히 목에 감겨 있었다. 혜원이 링에 연결된 끈을 잡아당기자 현수의 수그린 고개가 위로 들렸다. 현수는 어리둥절한 채 위를 바라봤다.

혜원이 한 손으로 끈을 잡아당기며 현수를 움직이게 했다. 그 순간 링이 목과 턱을 세게 조여 숨이 막혔다. 헉! 당황스럽고 불쾌했다. 본능적으로 현수는 반대 방향으로 달려갔지만 또다시 끈에 의해 제지를 당했다. 몇 번의 시도 끝에 현수는 그제야 상황을 인식했다. 그것은 햄스터용 목줄이었다. 정확히 줄의 길이 안에서만 움직일 수 있었다. 자신의 뜻대로 움직이려 하면 목이 점점 조여 숨을 쉴 수 없었다.

이게 되네? 혜원이 감탄하듯 말했다.

되네? 남의 목을 조르면서 이게 되네, 라니. 지금 동물 실험이라도 하는 거야?

자신이 우왕좌왕하는 동안에도 혜원은 천진난만하게 자신을 내려다보며 말했다.

이거 하면 절대 잃어버릴 일이 없지.

답답해요!

혜원을 향해 외쳤지만 혜원의 아몬드 같은 눈은 미동이 없었다.

그때 주위가 갑자기 어두워졌다. 책가방을 멘 아이들이 벤치 주위로 다가왔다. 이거 햄스터 아니에요? 현수는 어느새 아이들 대여섯 명에게 둘러싸였다. 공포스러웠다.

햄스터다!

햄스터 목줄은 처음 본다.

우리 삼촌 집에도 햄스터 있어! 저번에 놀러 갔을 때 내 손에 올라왔었어!

거짓말하지 마!

얘 이름이 뭐예요?

실랑이가 벌어졌고 한 아이가 손을 내밀며 말했다.

만져 봐도 돼요?

뭐? 현수는 뒷걸음쳤다.

살살 만져야 돼. 혜원이 대답했다.

현수는 기가 막혔다. 한 아이가 조심스럽게 현수를 쥐었다. 조용해진 아이들이 숨을 죽인 채 현수를 바라보았다. 아이는 현수의 등을 쓰다듬기 시작했다. 그러자 다른 아이들도 나도! 나도 해 볼래! 라며 냄새나는 작은 손을 현수에게 뻗었다. 성가시고 서툰 손가락들이 현수의 몸을 더듬기 시작했다. 끈적거리는 손가락 하나가 현수의 양 볼을 눌렀다. 현수가 재빨리 몸을 움츠리자 손가락은 현수를 꽉 움켜쥐었다.

얘도 배꼽 있어? 누군가가 현수를 뒤집으려 했다. 공포에 질린 현수는 반사적으로 몸을 튕기며 손가락을 물어뜯었다.

아야!

순식간에 일어난 일이었다. 현수는 땅바닥으로 내던져졌다.

까악!

어어! 피! 피야, 피난다!

아이들은 비명을 지르며 삽시간에 뒤로 물러났다. 땅에 웅크린 현수를 혜원이 얼른 감싸 쥐었다.

괜찮니?

혜원의 시선은 손가락을 물린 아이에게 닿아 있었다. 배신감이 들었다. 아이는 곧 울음이 터질 것 같았고 혜원은 자리에서 일어났다.

혜원이 현수를 쥐고 걷기 시작했다. 혼돈에 휩싸인 아이들로부터 멀어지자 현수는 허탈함과 분노가 섞인 감정으로 이제는 혜원의 손가락을 깨물고 싶었다. 하지만 너무 피곤했고 멀미와 정신적 충격 때문에 눈만 껌벅일 뿐이었다.

집에 도착했을 때 목줄이 여전히 목을 죄고 있었다. 현수는 손으로 얼굴을 문질러 목줄을 벗기려 했지만 짧은 팔로는 아무리 뻗어도 손이 닿지 않았다. 머리를 마구 흔들었더니 갑자기 뒷덜미가 따끔했다.

앗 따가워!

좀 기다리라고 했잖아.

혜원이 핀잔하듯 다가왔다. 링을 건드리자 뒷목에 찌르르한 통증이 있었다. 혜원이 목줄을 벗겨 낸 뒤 유심히 현수의 등을 들여다봤다.

피났네.

핏덩이가 뭉친 황금색 털 수십 가닥이 떨어져 나갔다. 목이 접히는 부분에는 해바라기씨만 한 탈모의 흔적이 남았고 피가 맺혔다. 혜원이 소독을 하고 연고를 발랐다. 현수가 거친 숨을 내쉬었다.

휴우, 정신없네. 피곤하지? 좀 쉬어.

끔찍한 외출이었다. 몸을 움직일 때마다 통증이 느껴졌다. 몸을 더듬던 아이들의 거칠고 서툰 손길이 떠올랐고 그걸 지켜만 보던 혜원의 무심한 눈빛이 겹쳐지자 울분이 치밀었다. 가르르르, 거친 숨을 내쉬며 현수는 톱밥 속으로 깊이 몸을 파묻었다. 피가 난 자리가 따끔거렸다. 차가운 금속 링의 선득한 감촉이 떠오르자 소름이 돋으며 몸이 부르르 떨렸다.

목줄에 묶이다니.

하지만 그걸 원했던 건 자신이었다.

잊고 살 수만 있다면, 목줄의 길이만큼 주어진 삶이란 걸 망각하고 살 수 있다면 문제될 것은 없다. 쾌락보다 더한 것을 바라는 것이 문제다. 이야기를 만들려는 욕망이 문제다. 그것을 죽여야 한다. 죽여야만 한다.

똑같이 생긴 네모반듯한 아파트 입구를 돌아다닌 끝에 햄스터는 마침내 엄마의 체취가 희미하게 느껴지는 곳을 찾았다. 재활용 분리수거장 쪽으로 코를 킁킁거리자 바람에 섞여 오는 온갖 냄새들 속에서 익숙한 향이 스며들었다. 종종 집 안을 가득 채우던 더블치즈페퍼로니피자의 냄새였다. 그리고 그 피자 냄새의 끝자락에는 한때는 질색했던 엄마의 버터향 핸드크림 냄새도 살짝 섞여 있었다. 그리운 냄새였다. 햄스터는 환호성을 지르며 제자리에서 빙글빙글 맴돌았다.

집이다! 찾았다! 엄마 집이다!

당장이라도 아파트로 뛰어들고 싶었지만 아직은 너무 밝았다. 마지막까지 경계를 늦출 수 없었다. 어둠이 스며들어 자신의 몸을 가려 줄 때까지 기다려야 했다. 네모난 동굴 같은 입구로 사람들이 끊임없이 드나들었다. 혹시 엄마가 나오지 않을까, 아니면 이제는 얼굴마저 희미해진, 어렸을 때 자신을 돌봐 주던 형이 나오지 않을까. 사람들의 흐릿한 얼굴을 살피며 냄새를 맡았다.

태양이 지고 길이 어둑해졌나. 오가는 사람들도 뜸해졌다. 더는 지체할 수 없었다. 언제 뒤에서 고양이족이 나타나 거침없이 자신을 향해 발방망이를 휘두를지 몰랐다. 최대한 후각을 발휘하기 위해 콧구멍을 벌름거리며 마침내 햄스터는 아파트의 입구를 향해 달리기 시작했다.

엄마! 나 집에 왔어!

세상에.

원고에서 고개를 든 혜원의 눈은 촉촉했다. 고난을 겪은 햄스터를 생각하는지 눈물을 훔쳤다.

감동적이야. 그냥 지나갈 수 없지. 오늘 밤은 특식이야. 잠시만 기다려.

혜원은 방 밖으로 나갔다. 곧이어 마른 밀웜이 아니라 분홍색 피부에 촘촘한 주름이 꿈틀거리는 밀웜을 가져와 현수에게 들이댔다.

살아 있는 밀웜이야. 어때? 먹을 수 있겠어?

무릇 냉동삼겹살보다는 생삼겹살이 비싸고 맛있는 법이다.

물론이죠.

역시 다르다. 육즙이 터지면서 감칠맛이 폭발했다.

배부르고 졸려요. 자고 일어나면 마사지 부탁해요. 현수가 말했다.

물론이지. 혜원은 현수의 콧방울을 문질렀다.

잘 자요. 작가님.

현수는 쑥스러워하며 케이지로 들어갔다. 혜원은 밀웜 봉지를 챙기고 은은한 조명을 켰다. 그사이 현수는 케이지에서 빠져나와 책상 밑에 몸을 숨기고 혜원을 지켜보았다. 혜원이 문을 닫기 직전 현수는 잽싸게 문밖으로 빠져나갔다. 현관으로 달렸다. 신발장 앞에 쌓인 재활용 종이 박스 안으로 쏙 들어갔다. 조용히 숨을 골랐다. 혜원이 헬스장에 가면서 분리수거 쓰레기를 내다 버리는 시간을 기다렸다.

미쳤어. 정신 차려.

현수는 깜짝 놀랐지만 티브이를 보면서 혜원이 중얼거리는 소리였다. 한참을 기다려야 할지도 모른다. 현수는 볼 안에 든 해바라기씨를 하나 꺼내어 아껴 먹었다. 생밀웜의 신선한 맛이 떠올랐다. 단호하게 고개를 젓고 어두운 상자 안에서 잠을 청했다.

몸이 붕 떠올랐다. 곧이어 현관문에서 디지털 자물쇠의 버튼 소리가 들렸다. 몸이 구르지 않도록 박스에 앞니와 네 손톱을 박아 놓길 잘했다. 상자가 흔들리고 현수는 손가락에 단단히 힘을 줬다. 잠시 후 엘리베이터 문이 열렸다. 현수가 조심스럽게 상자 밖을 바라보니 엘리베이터 거울을 보고 있는 혜원이 턱살과 콧구멍이 보였다. 혜원은 거울을 보면서 눈가 주름을 손가락으로 문지르고 있었다. 현수는 그 모습을 뚫어져라 바라봤다. 마지막일지 모르는 혜원의 모습이었다.

엘리베이터가 멈추고 차가운 공기가 쑥 들어왔다. 혜원의 종종걸음이 느껴졌고 곧 박스가 공중으로 날아올랐다. 비명을 지를 뻔했지만 입을 틀어막았다. 박스에서 떨어지지 않도록 온몸에 힘을 줬다. 박스가 내려앉았다. 혜원의 발걸음 소리가 점점 멀어졌다.

현수는 조심스럽게 박스 바깥으로 고개를 내밀었다. 시원하고 비릿한 바람이 현수의 털을 한 올 한 올 스치고 지나갔다. 심호흡을 깊게 한 뒤 현수는 박스 사이를 헤치고 나와 분리수거장에서 뛰어내렸다. 가로등 불빛이 뿌옇게 비치는 도시의 어둠 속으로 햄스터는 달려 나갔다.

4

작고 귀엽고

통제 가능한

궂은 날씨에 여기까지 와 주셔서 감사합니다. 교실이 귀엽다고요. 의자가 작지요. 아이들이니까요. 아이들은 작습니다. 교실에서 가장 큰 아이도 제 가슴까지밖에 오지 않습니다. 아직 덜 자라서 그렇습니다. 무심코 아이들 팔이나 어깨를 잡았다가 놀란 적이 많습니다. 세게 잡으면 부러질 것처럼 연약하거든요.

귀엽다고 하셨죠. 그렇습니다. 귀엽지 않았다면 불리했을 겁니다. 어리고 약하기 때문에 살아남기 위해 귀엽게 진화해 왔을 것입니다. 하지만 작고 귀엽다고 해서 가르치는 일이 수월하지는 않습니다. 작다는 것은 덜 자랐다는 뜻이고 그건 내면도 마찬가지입니다. 지식의 양도 사회성도 참을성도 충분하지 않습니다. 인간 한 명의 몫을 다하기에 부족합니다. 그것이 학교가 존재하는 이유겠지요. 아이들이 모여서 내면의 힘을 기르도록 만들어진 장소가 학교입니다. 이곳이 다이내믹할 거라는 건 짐작할 수 있으시겠죠. 사소한 일에도 감정을 조절하지 못하면 분란이 일어날 수 있습니다. 작은 아이 한 명이 온 학교를 들썩거리게 할 수도 있습니다. 평화롭다가도 순식간에 대혼란의 늪이 되는 곳이 바로 학교입니다.

네. 저는 이곳에서 올해로 7년째 초등학생들을 가르치고 있습니다. 저는 가르치는 사람입니다. 가르친다는 말에 부정적인 뉘앙스가 있다는 것을 아십니까? 가르치려 든다, 는 말은 공격하는 걸로 여겨집니다. 배운다, 학습한다, 습득한다가 긍정적인 의미를 담고 있는 것과 반대이죠. 중학생 이상이 되면 많은 학생들이 교사를 경멸합니다. 스스로 '안다'고 생각하는 사람은 곧잘 오만하기 마련입니다. 가르치는 사람은 어디에서나 환영을 받기 힘들지요.

심지어 어떤 부모들은 자신의 아이를 가르치는 교사에게도 반감을 가집니다. 잘 부탁한다고 말하지만 아이에게 상처를 줄까 봐 제대로 가르치지 않을까 봐 불안해합니다. 물론 훌륭한 부모님들도 많습니다. 교사를 믿고 아이를 맡기는 부모들에게서는 말없이도 감사하는 마음이 전달됩니다. 하지만 여러 명이 모인 교실에서도 개구쟁이 한 명에게 가장 시선이

가듯이 '어디 잘 가르치는지 한번 보자'라는 식으로 존재감을 드러내는 학부모는 매우 신경이 쓰일 수밖에 없습니다.

며칠 전 저는 한 어머니와 마주 앉아 대화를 나눴습니다. 어머니는 곱게 화장한 얼굴로 교실로 들어오셨습니다. 붉은 립스틱을 바른 입술과 핀으로 고정한 앞머리가 전혀 흐트러지지 않아서 눈길이 가더군요. 어머니와 아이는 닮아 있었습니다. 외모뿐만 아니라 단정한 옷차림이나 차근차근한 말투가 그러했습니다. 당연한 걸지도 모릅니다. 아이들은 모방을 통해 배우니까요. 태어날 때부터 옆에 있는 사람과 닮지 않을 수 없습니다.

어머니의 입꼬리가 바르르 떨렸습니다. 붉은 입술 사이로 한숨이 새어 나왔습니다. 애써 미소를 유지하고 계셨지만 불편한 감정이 내면을 헝클고 있다는 걸 알 수 있었습니다.

"선생님, 왜 바로 연락을 주지 않으셨나요? 만일 무슨 일이라도 생겼으면 어쩔 뻔했나요? 게다가 같이 있었다는 그 아이 말입니다. 그 아이 부모님은 이 사실을 알고 계신가요? 그 애가 한밤중에도 우리 애한테 전화를 자주 합니다. 한밤중에 전화하는 건 좀 아니지 않나요? 전화로 몇 번 타일렀는데도 바뀌지 않아요. 어제는 화가 나서 애 전화기를 빼앗았어요. 선생님께서 걔한테 알아듣게 말씀 좀 해 주시면 좋겠어요. 요즘 집안 분위기가 말이 아니에요. 애가 아빠 말도 듣지 않고 학원에도 안 가겠다고 해요. 국제중학교 입시는 지금이 가장 중요할 때인데 잘해 오던 애가 갑자기 이러니까 애 아빠와 저는 미칠 것 같습니다."

아이가 최근 몇 번 지각을 했습니다. 지각을 한 번도 하지 않았던 아이라 좀 이상하긴 했지만 그때마다 그럴듯한 이유가 있었습니다. 저는 아이의 말을 믿었습니다. 세 번째 지각을 한 날 어머니께 전화를 했다가 아이가 일찍 집을 나서고 있었다는 걸 알게 되었습니다.

아이는 혼자 지각하지 않았습니다. 미주라는 친구와 함께였습니다. 알고 보니 아이들은 아침 일찍 학교 뒤에 있는 동산에 들렀다 오는 것이었습니다. 왜냐하면 거기에 두 아이가 함께 키우는 햄스터들이 있었기 때문입니다. 미주가 우연히 주운 햄스터인데 양쪽 집 모두 못 키우게 하니까 동산에 두고 아침저녁으로 들여다보면서 먹이를 주고 있었습니다.

같이 있던 미주라는 아이는 이런 말씀드리기 조심스럽지만 가정환경이 다소 불안정한 아이입니다. 어머니는 자신의 아이가 미주와 함께 다니는 것도 마음에 들지 않는 것입니다. 저는 일단 어머니를 안심시켜 드려야 했습니다. 미주에게는 늦은 밤에 전화하지 않도록 지도하겠다. 앞으로 잘 지켜보겠다. 아이와는 관계 회복이 중요한 것 같으니 학원은 조금 쉰 뒤에 다니면 좋겠다. 상담이 끝날 무렵엔 어머니 마음이 조금 풀어진 것처럼 보였습니다. 그렇게 어머니는 가셨습니다.

다음 날에는 미주 아버지가 찾아오셨습니다. 수업 중이었는데 세게 앞문을 두드리는 소리에 깜짝 놀랐습니다. 몇몇 아이가 소리를 지를 정도였습니다. 창문으로 성난 남자의 얼굴이 나타났고 저는 미주의 얼굴이 얼어붙는 걸 봤습니다.

트레이닝 바지에 패딩 점퍼 차림의 아버님은 어깨가 넓고 눈매가 날카로웠습니다. 그분이 헬스 트레이너라는 걸 모르고 있었다면 학부모라고는 생각을 못 했을 것 같습니다. 전화 통화만 몇 번 한 적이 있는데 말이 잘 통하는 분은 절대 아니었습니다. 저는 최대한 침착하게 말씀드렸습니다. 수업 중이니 교무실에서 조금만 기다려 달라고요. 미주 아버님의 고함 소리가 터져 나왔습니다.

"지금 누구한테 기다리라 마라야? 우리 애한테 잘못을 다 덮어씌우고 말이야. 애가 왕따를 당하고 있어. 내가 지금 기다리게 생겼어?"

아이들이 우리를 지켜보고 있었습니다. 몇몇 아이들은 일어서서 구경했습니다. 제가 대답을 하기도 전에 아버지의 고함 소리가 계속해서 복도를 울렸습니다. 옆 반 선생님이 복도로 나오셨고 학교보안관과 교감 선생님이 달려오셨습니다. 그분들이 학부모를 에워싸고 교장실로 데리고 가는 동안 저는 한마디도 할 수 없었습니다.

교실로 들어오니 아이들은 술렁이고 있었습니다. 누구 아빠야? 누군가 공공연히 물었고 제가 제지하기도 전에 미주의 이름이 어디선가 툭 튀어나왔습니다. 모두 아이를 힐끔거렸습니다. 미주는 고개를 들지 않고 입을 꾹 다문 채 앉아 있었습니다. 안타까웠지만 저도 호되게 당한 뒤라 마음이 쉬이 가라앉지 않아서 겨우 수업을 이어 갔을 뿐입니다.

쉬는 시간이 되자마자 교감 선생님이 오셨습니다. 가서 아버님 말씀을 잘 들어주고 아이가 무슨 일을 당했든지 무조건 학교폭력으로 접수하라고 했습니다. 요즘은 왈가왈부하기보다 학교폭력 사안으로 접수해서 조사 과정을 기록으로 남기며 진행하는 것이 깔끔합니다. 아버님께 사과를 하라고 하셔서 제가 뭘 잘못했는지 모르겠다고 했더니 교감 선생님은 왈칵 짜증을 내셨습니다. 일단은 고개를 숙여야 이 사태가 끝날 것 아니냐고 하시더고요. 정말 내키지 않았습니다. 어서 교장실로 가자고 저를 떠밀었습니다.

저는 그런 사람에게 고개를 숙일 수는 없다고 생각했습니다. 자신의 아이와 아이의 친구들이 보는 앞에서 큰 목소리로 힘을 드러내는 사람 말입니다. 하지만 문득 아이가 왕따를 당하는 게 사실일까? 사실이라면 왜 나는 알지 못했을까? 의심되기 시작했습니다. 교사가 그런 것도 모른다는 학부모의 말이 저를 불편하게 했습니다.

교사가 되기 전에 저는 아이들이 제 상대라고 생각했습니다. 교사는 교실에서 학생을 가르치는 직업이라고요. 교사가 되고 얼마 지나지 않아 깨달았습니다. 초등학생 아이들은 부모와 깊숙이 연결된 존재들입니다. 그 둘은 떼어 놓을 수 없습니다.

그날 이후 아이들에게서 부모의 얼굴이 어른거립니다. 모범생인 아이에게서 완벽하게 고정된 머리를 한 어머니의 얼굴이 보입니다. 여자 친구의 전 남친을 의식하는 못난 남자처럼 아이와 이야기를 할 때에도 어머니를 생각합니다. 떨리는 입꼬리를 떠올리며 아이에게 할 말을 고르곤 합니다. 기다리게 생겼냐고 고함질렀던 아버님의 아이는 그날 이후 학교에 안 나오고 있습니다. 학교폭력 사안이라면 면담 조사를 해야 하는데 시작도 못한 채로 아이는 외할머니 집에 간다고 했습니다. 교외체험학습 신청서도 제출하지 않고요. 현장에 있다 보면 교사가 아무리 손을 뻗어도 잘 닿지 않는 아이들이 있습니다. 그 아이처럼 말입니다. 아이의 아버지를 보면 화가 나지만 정작 아이에게 제가 할 수 있는 일은 거의 없습니다.

비트겐슈타인이라는 철학자를 아시나요? 언어를 철학적으로 탐구한 사람입니다. 젊은 시절 천재로 불렸던 비트겐슈타인이 한때 초등교사였던 사실은 잘 모르실 겁니다. 대학을 떠나 시골에서 학생들을 가르치겠다고 자원했습니다. 언어와 수학을 중시해서 학생들을 매일 남겨서 가르쳤다고 하더군요. 어떻게 됐냐고요? 비트겐슈타인은 그곳 부모들에게 미친놈 취급을 받았습니다. 아주 사이가 나빴더군요. 결국 쫓겨나듯 다시 대학으로 가야 했습니다. 부모들은 비트겐슈타인을 너무 싫어한 나머지 그가 아이들을 데리고 도시의 고등교육기관을 체험시키려고 하는 것조차 반대했습니다. 비트겐슈타인 또한 이성적인 대화가 되는 사람이 없다며 치를 떨곤 했습니다. 이상한 일이지요. 한 아이를 성장시키는, 같은 일을 하는 양쪽이 사이가 좋지 않다니요. 솔직히 말해서 학부모와 교사는 편안한 관계는 아닙니다. 현실에서 교사와 부모가 자주 연락하고 얼굴을 봐야 한다면 그건 좋지 않은 신호일 때가 많습니다.

아이들이 키우던 햄스터는 어떻게 됐냐고요? 그러게요. 잘 모르겠습니다. 뒷동산에서 편하고 자유롭게 살았으면 좋겠네요. 애들은 결국 햄스터를 키우길 원했던 것뿐이었는데 말입니다. 아이들은 햄스터, 병아리 같은 작은 동물들에게 사족을 못 씁니다. 작고 귀엽고 통제 가능한 것들은 어디에나 인기가 있습니다.

햄스터에 대해서 좀 아십니까? 햄스터 하니 떠오르는 것이 있습니다. 어제 저는 작은아버지에게서 소포 하나를 받았습니다. 책이었습니다. 문예 잡지라고 해야겠네요. 이걸 왜 보내셨지? 의아함에 책의 표지를 뒤적이던 순간 번뜩 떠오르는 게 있어 목차를 살펴봤습니다. 그랬습니다. 아는 이름이 보였습니다. 작은아버지의 아들인 사촌 동생의 작품이 실려 있었습니다. 단편소설로 신인 문학상을 받았더군요.

택시를 운전하시는 작은아버지는 밤늦게 장거리 손님을 태워다주고 복귀하실 때면 제게 종종 전화를 하시곤 했는데 용건은 늘 외동아들인 사촌에 대한 걱정이었습니다. 작은아버지는 사촌을 일컬어 꿈도 야망도 없고 게으른 놈이라 장사도 못 하고 회사에 들어가도 견디지 못할 녀석이라고 말했습니다. 그러면서 교사가 됐으면 한다고 말씀하셨습니다. 집 근처에 있는 교대나 사범대에 입학하기를 원하셨습니다. 제가 졸업과 동시에 교사로 임용되는 걸 보시고는 더욱 마음에 드셨던 것 같습니다. 하지만 동생은 교대에 들어가지 못했습니다. 몇 군데 교대에 지원했지만 모조리 떨어졌습니다. 게다가 사범대에 들어가라는 작은아버지의 뜻을 거스르고 서울에 있는 대학의 인문학부로 진학했습니다. 순둥한 사촌 동생이 가부장의 원형 같은 작은아버지의 의지를 꺾은 것에 저뿐만 아니라 친척들 모두 놀랐습니다. 허약하고 야망 없고 게을러터진 아들이 교사가 됐으면 한다는 작은아버지의 말씀이 아니꼬웠던 저는 은근히 통쾌함을 느꼈습니다.

서울에 온 사촌 동생과는 가끔 만나고 연락을 주고받았습니다. 대학교를 졸업한 후에도 취직하지 않고 고향집에도 내려가지 않았습니다. 막연히 취업 준비를 하겠거니 했는데 어느 날 전화로 사촌 동생이 물었습니다.

햄스터를 아시나요?

뜬금없이 무슨 말이냐 했더니 햄스터에 대한 소설을 쓰고 있다고 했습니다.

소설. 명절날 시끄러운 상머리에서 슬그머니 사라져 어린애들 사이에 엎드려 책을 읽고 있던 사촌 동생의 모습이 떠올랐습니다. 듣고 보니 동생과 소설가는 잘 어울렸습니다. 저는 햄스터에 대해서는 할 말이 많았습니다. 햄스터라면 사족을 못 쓰는 아이들이 제 업무니까요. 교실에 햄스터가 나타난 사건을 말해 줬습니다. 열심히 쓰라고 격려했습니다. 그 후로 한동안 연락을 못 했거든요. 그러다가 작은아버지로부터 책을 받은 것입니다. 정말 소설가가 되었다니요. 자랑스럽고 멋졌습니다. 직접 이걸 보낸 걸로 봐서 작은아버지도 기뻐하시는 것이 분명했습니다. 분명 아들에 대한 걱정을 한시름 덜고 좋아하셨을 것입니다. 문득 제가 임용시험에 붙었을 때 자랑스러워하던 우리 부모님의 모습이 떠올랐고 기분이 착잡해졌습니다.

이제 퇴근 시간이 넘었네요. 학교에서 쓰는 전화는 전원을 끄겠습니다. 공식적으로 학부모의 전화를 안 받아도 괜찮은 시간이 되었습니다. 휴대전화가 두 개냐고요? 그렇습니다. 한

전화에 두 번호를 쓰는 동료도 있지만 저는 물리적으로 전원을 끄는 것을 선호하기 때문에 전화기 두 대를 사용합니다. 내일 아침 출근하기 전까지 웬만하면 이 전화는 켜지지 않을 겁니다.

한밤중에 급한 일이 생기면 어쩌냐고요? 한밤중에 당장 교사에게 알려야 할 급한 일이 어떤 일일까요? 더 잘 아시겠지만 정말 급한 일이라면 교사가 할 수 있는 일은 아닐 겁니다. 바로 경찰서나 응급차로 전화를 거는 것이 맞을 거예요. 실제로 퇴근 후에 제가 받아 본 연락의 대부분은 수업 준비물이나 숙제를 묻거나 체험학습을 가겠다는 통보 정도였습니다. 그것들이 중요하지 않다는 말이 아닙니다. 다음 날 교사가 출근한 이후에 전해도 될 정도라는 말씀입니다.

아이가 숙제를 못 해 가면 어쩌냐고요? 괜찮습니다. 별일 생기지 않습니다. 교사로부터 조금 싫은 소리를 듣는 정도지요. 오히려 그것이 학습 안내장을 잘 챙겨야겠다고 다짐하는 배움의 기회가 되지 않겠습니까? 숙제를 못 한 만큼 책임감을 배울지도 모릅니다. 시험공부를 못 했지만 쉬는 시간에 급하게 벼락치기를 해 보는 경험 자체도 아이에게는 필요한 것이 아닐까요? 실수와 시행착오를 통해서 배우는 경험은 어른이나 아이나 다르지 않습니다.

여전히 못마땅한 표정이시네요. 혹시 초등학생 자녀가 있으신가요? 역시 그러시군요. 저는 가끔 그런 생각을 합니다. 많은 사람들이 다른 직종에 비해 교사라는 직업에 대해서는 그 일을 뻔하다, 잘 안다, 라고 생각한다는 느낌을 받습니다. 그건 대부분의 사람들이 어릴 때 학교라는 공간과 선생님을 경험해 보았기 때문일 겁니다. 누구나 한 명쯤은 차마 반항하지는 못했지만 너무나 이상했던 선생님에 대한 기억을 갖고 있을 겁니다. 어느 직군이나 마찬가지로 교사들 중에도 사이코는 있으니까요. 그저 다른 직종보다 교사를 만날 기회가 월등히 많았던 것뿐입니다.

제 동료는 휴가 때 찍은 외국 여행지의 사진을 카톡 프로필로 올려놨다가 학부모가 교육청으로 항의를 한 적이 있습니다. 방학에 아이의 담임교사가 놀러 간 사진을 보는 것이 불편하다고 했습니다. 학년을 마칠 때까지는 결혼을 미뤄 달라는 요구를 받은 선생님도 있었습니다. 동의하시나요? 교육청에서 업무 전화를 따로 쓰라고 권고하는 것은 어쩌면 이런 일로 교육청으로 들어오는 항의 전화가 많기 때문일지 모릅니다.

그냥 밤중에 전화받기 귀찮아서 그런 것 아니냐고요? 부인하진 않겠습니다. 초등교사는 생각보다 체력을 요하는 직업입니다. 저는 올해 건강검진에서 난청 진단을 받았습니다. 우리 반 아이들과 점심을 먹을 때는 귀마개를 해야 합니다. 의사는 시끄러운 소리에 노출되는 걸 피하라고 했지만 제가 초등 교사라고 하니 허탈한 웃음을 지었습니다. 퇴근할 때는 물에 젖은 솜처럼 몸이 가라앉습니다. 집에 가면 배달 음식을 시켜 놓고 짧은 저녁잠을 잡니다. 쪽잠을 자고 나면 학교에서 있었던 갖은 일들이 희석되며 비로소 저 자신으로 돌아온 기분이 듭니다. 배달된 음식을 먹으면서 영화나 드라마를 틀어 놓고 시원한 맥주를 마시는 이때가 하루 중 가장 행복한 시간입니다. 종일 소음에 시달린 고막과 뻣뻣해진 성대가 비로소 회복됩니다. 누구나 그런 시간에 업무 연락을 받고 싶지는 않을 겁니다. 경사님도 그렇지 않으십니까? 왜 퇴근 시간 이후에 부모님의 전화를 받지 않는다고 문제가 있는 교사 취급을 받아야 하는지 모르겠습니다.

교감 선생님께서 제가 고소당했다고 하셨을 때 저는 의외로 크게 놀라지 않았습니다. 워낙 주위에 많다 보니 언제든 일어나도 이상하지 않을 일이었습니다. 말로만 듣던 일이 내게도 일어났구나, 라고 생각했을 뿐입니다. 하지만 고소인을 듣고는 조금 놀랐습니다. 날짜를 살펴보니 교실로 찾아와 상담한 날이었습니다. 혐의는 아동 학대, 정서적 학대입니다. 속으론 자신의 아이를 학대했다고 생각하면서 미소를 띠고 대화를 나누었습니다. 너무 무섭지 않습니까? 어쩌면 상담하기 전에 이미 고소를 했을지도 모릅니다. 무엇을 알아보기 위해

절 찾아오셨을까요?

수치심을 느꼈다고 했습니다. 아이가 수치심을 느껴 생활에 어려움을 겪고 있다고요. 햄스터를 돌보느라 지각한 일로 아이와 여러 번 상담을 했습니다. 공개적으로 상담실에 간 일, 친구 아버지가 교실을 찾아와 창문을 두드리는 위협적인 행동을 했을 때 막지 못한 일, 부모와 일관되지 못한 지도를 한 것으로 아이가 수치심과 혼란을 느낀다, 고 했습니다. 뿐만 아니라 그동안 제가 아이들에게 했던 말과 행동이 비교육적이라며 담임 교체를 요구했습니다.

저는 아이를 떠올렸습니다. 요즘 아이는 리코더 합주에 빠져 있습니다. 쉬는 시간에는 친구들과 리코더 연습을 합니다. 단계별 리코더 연습곡들을 주었는데 차례대로 한 곡씩 마스터하고 있지요. 어느 정도 완성되었다 싶으면 친구들과 함께 제 책상으로 나와 제가 느는 말든 합주를 하며 뿌듯해합니다. 어머니 말씀으로는 부모에게 반항하며 우울증 치료를 고려 중이라고 했습니다.

저야말로 혼란스러웠습니다. 부모님과 아이와 저. 하나의 목표로 모인 이 삼각형의 어느 지점에서 오해가 생긴 걸까요? 무엇이 진실인가요? 우아한 미소를 띤 부모님의 얼굴에서 제가 읽어 내지 못한 것이 무엇이었을까요?

저는 아이가 없기 때문에 부모와 아이 사이에 존재하는

끈끈한 연결고리를 결코 완전히 알지 못합니다. 모르는 부분이 있기 때문에 부모님들은 저를 '가르치는' 걸지도 모릅니다. 본질적으로 그것은 부모의 사랑에서 기인한다는 것을 이해합니다. 작은아버지가 사촌 동생에 대해서 늘 불평하시지만 사촌 동생의 성공에 누구보다 기뻐하는 것만 봐도 그렇습니다. 저도 언젠가 깨달을 날이 올까요? 저를 고소한 것이 보복 심리나 불안감의 표출 또는 방어기제가 아니라 부모의 사랑이라는 것을요.

대학으로 돌아간 비트겐슈타인은 초등교사가 되기 전에 정립했던 자신의 주장을 뒤집습니다. 교사로서의 경험이 그에게 영향을 끼쳤을지 모릅니다. 이전 연구에서 언어가 현실을 반영하는 거울이라고 했다면 이후 연구의 요점은 언어는 속한 상황과 환경에 따라 정해지는 규칙이라는 것입니다. 시골에서 사람들이 사용하는 '교사'라는 단어는 그들의 언어 게임 안에서만 통용되는 사뭇 특별한 의미였던 것입니다.

저는 어렴풋이 부모님들이 말하는 '교사'가 제가 생각하는 '교사'와 다르다는 것을 느꼈습니다. 저희 작은아버지만 하더라도 '교사'라는 특성 안에 야망이 없고 허약하고 게으른 사람이라는 항목이 있으니까요. 저를 고소한 부모님은 교사는 아이와 부모의 기분을 거스르지 말아야 하는 사람이라고 생각하시는 것이 분명합니다. 학교 현장에서 학부모가 제기하는 교사의 아동학대 혐의 대부분이 무혐의로 결론이 납니다. 무혐의로 처분되면 괜찮은 건가요? 오랜 기간 교사는 교실에서 배제된 채 경찰과 검찰을 오가며 몸과 마음이 피폐해집니다. 자존감이 바닥으로 떨어지고 누구와 무엇을 위해 교직에 있는지 회의감이 듭니다. 단지 호락호락하지 않다는 걸 보여 주고 싶으셨을까요? 무엇을 가르쳐 주고 싶으셨을까요? 언어 게임의 규칙을 알지 못한 것이 잘못이라면 잘못이겠지요.

저는 별다른 걸 바라는 것이 아닙니다. 월급을 올려 달라거나 처우를 개선해 달라는 것이 아닙니다. 가르치는 일을 하고 싶을 뿐입니다. 초등학교 교사가 되려고 대학 4년 동안 국수영사과뿐만 아니라 장구, 피아노 반주, 배구, 무용, 앞뒤 구르기, 코딩, 바느질 등등을 배웠습니다. 어린이들의 특성을 배우고 거기에 맞는 교육 방법을 익혔습니다. 매년 실습을 나갔고 힘들게 임용시험을 통과했습니다. 교대를 나온 사람이 다른 직업을 갖기란 힘든 일이지요. 다른 데에선 소용도 없는 기술과 지식을 4년 동안 배운 사람이 막상 현장에서 이걸 써먹을 수 없다면 이상한 일 아닐까요? 학교에서는 가르치고 집에서는 쉬는 평범한 직장인으로 살고 싶습니다. 아이들을 가르치는 데 써야 하는 시간을 학부모의 민원에 응대하고 교육청과 경찰, 검찰의 조사를 받느라 쓰고 싶지 않습니다.

아동학대 피의자로 조사를 받는 일이 오늘이 마지막이길

바랍니다. 저는 더 이상 드릴 말씀이 없습니다. 여기 어머니와 아이와 상담한 걸 녹음한 파일입니다. 증거가 되는지는 모르겠어도 진상을 파악하는 데는 도움이 될 겁니다. 들어보시면 부모님이 말씀하신 것이 사실이 아니란 걸 아실 겁니다. 원래 이렇게 하냐고요? 선배 선생님이 학생이나 학부모와 전화 통화나 상담을 할 때엔 녹음을 하는 것이 안전하다고 해서 저는 임용이 되자마자 녹음기부터 샀습니다.

오늘은 집에서 사촌 동생이 쓴 소설을 읽을 생각입니다. 오랜만에 동생과 통화를 하고 싶습니다. 등단을 축하하고 동생의 선택을 응원하고 싶습니다. 혹시 동생의 소설에 도움이 될 수도 있으니 이번 일도 이야기해 주려고 합니다. 작고 귀여운 햄스터를 키우고 싶었을 뿐인 아이들의 행동이 어떤 결과를 낳았는지 말입니다.

주말엔 부모님이 오십니다. 바닷가에서 회를 좀 사 드리려고요. 부모님께는 이번 일을 알리지 않을 생각입니다. 적어도 무죄 판결이 나올 때까지는요. 아들이 선생님인 걸 자랑스러워하시거든요. 퇴근 시간이 지났네요. 이만 들어가야겠습니다. 경사님께서도 들어가십시오. 눈은 다 녹았습니다. 하지만 미끄러지기 쉬우니 늘 조심하십시오.

5

골든

헝겊 가방을 꺼낸다. 부드럽고 도톰한 흰색 천에 빨간색 실로 아름다운 무늬가 수놓인 엄마의 가방이다. 어깨에 걸면 엉덩이까지 내려온다. 새끼들을 유심히 들여다본다. 누가 좋을까. 노랑이가 가장 귀엽고 미주의 손을 잘 따른다. 온몸이 흰데 작은 삼각형 꼬리만 노란색이어서 노랑이다. 노랑이를 꺼내어 헝겊 가방에 넣고 지퍼를 닫는다.

어젯밤 미주는 아기들에게 모두 이름을 붙여 줬다. 비슷비슷하게 생겼지만 자세히 보면 색깔과 무늬가 조금씩 달랐다. 첫날보다 솜털이 좀 더 많이 올라왔다. 한 엄마가 낳았는데도 일곱 마리 각자 무늬도 색깔도 달랐다. 빨주노초파남보로 이름을 지었다. 빨강이, 주황이, 노랑이…… 각각의 생김새를 공책에 그렸다.

학교로 걸어가는데 엉덩이에 닿은 가방에서 노랑이가 꿈틀거리는 것이 느껴진다. 엉덩이가 간지러워 웃는다. 꼭 동생과 같이 학교를 가는 기분이다. 복도의 신발함 안에 가방을 넣었다. 지퍼를 열었더니 노랑이의 까만 두 눈이 보였다. 여기서 잠깐만 자고 있어. 미주는 노랑이에게 속삭였다. 윤하만 데리고 와서 보여 줄 생각이다.

쉬는 시간에 미주가 윤하를 신발장으로 이끈다. 지나가는 아이가 없음을 확인하고 미주는 가방을 꺼낸다.

윤하가 입을 손으로 가렸다.

설마?

노랑이야.

웅크린 노랑이의 등은 아직 붉은 기가 가시지 않았다. 흰 솜털로 덮인 연약한 피부다. 미주가 노랑이를 꺼내 손바닥 위에 올린다. 노랑이는 움직이지 않는다. 윤하가 조심스럽게 손가락으로 노랑이의 등을 쓰다듬었다.

부드럽다. 또 만져 볼래.

뒤에서 아이들이 다가온다. 미주가 등을 돌린 채 얼른 노랑이를 집어넣으려 하지만 이미 늦었다. 뭐야, 뭔데, 라며 애들이 미주의 어깨 뒤에서 얼굴을 들이민다. 복도는 삽시간에 소란스러워진다.

한 번만 보여 줘! 나도 한 번만! 한 번만!

미주는 조심스럽게 노랑이를 보여 준다.

한 번만 만져 보자. 만지면 안 돼?

작은 손들이 노랑이를 향해 뻗어 있는 동안 누군가 말한다.

근데 애 죽는 거 아냐?

사실 노랑이가 힘이 없어 보인다. 미주가 얼른 노랑이를 가방에 밀어 넣는다.

그때 선생님이 미주에게 다가온다. 복도가 조용해진다.

미주야, 애들 말이 사실이니? 햄스터가 있어?

미주는 선생님의 뒤에 선 유진이를 노려본다. 뭐든 선생님한테 일러야 직성이 풀리는 애다.

복도에 있는 아이들이 다 교실로 들어가고 선생님과 미주 단둘이 복도에 남는다.

어디 있어?

선생님이 유심히 가방 안을 들여다본다. 작네, 너무 작아. 미주 거냐고, 학교에 왜 가져왔는지, 아빠는 아시는지 묻는다. 마지막 질문에 미주가 고개를 흔들자 한숨을 쉰다.

일단 너무 힘들어 보이니까 이대로 두면 안 되겠다.

선생님이 과학실에서 학습용 곤충채집통이라고 쓰인 투명한 플라스틱 상자를 가져온다. 상자에는 손잡이와 숨구멍이 있다. 그곳에 땅콩과 물과 함께 노랑이를 내려놓는다. 하교할 때까지 채집통은 교실 뒤쪽 사물함 위에 두고 눈으로만 보기로 다 같이 약속한다. 모든 것이 진정되고 국어책이 펼쳐지고 선생님이 마침내 수업을 시작하고 돌아가며 교과서의 문장을 읽는데 누군가 소리쳤다. 노랑이 움직인다! 그날 수업이 끝날 때까지 선생님은 반복해서 주의를 줘야 했다. 앞을 보세요. 다들, 앞을 보세요. 여기를 보세요. 너희 진짜 햄스터만 볼래? 쉬는 시간마다 아이들은 노랑이 주변으로 몰려간다. 앞자리를 차지하려고 소소한 다툼이 일어난다. 선생님이 햄스터에게 스트레스를 주면 안 된다고 말했지만 아무 소용이 없다. 결국 곤충채집통은 다음 시간에 교무실로 옮겨진다.

미주는 친구들 몰래 윤하에게 새끼 햄스터 한 마리를 주기로 약속했다. 윤하는 기뻐하며 미주와 종일 붙어 있다. 같이 도서관에 간다. 미주는 도서관이 재미있었던 적이 없다. 수업이 아니고선 도서관에 간 적이 없다. 하지만 이날 윤하와 함께 햄스터에 관한 책을 골라 두툼한 방석에 나란히 앉아 함께 책을 읽는 것이 무척 즐겁다.

윤하는 햄스터에 해박하다. 윤하의 설명을 들으며 햄스터 키우기에 대해 많은 것을 배운다. 먹이, 생활 습관, 케이지 등 알아야 할 것이 많다. 이를 갈 수 있는 딱딱한 나무를 넣어 줘야 한다. 먹이로는 견과류를 좋아하지만 채소나 과일도 먹을 수 있다. 단백질 섭취를 위해서 말린 귀뚜라미나 밀웜을 줘야 한다. 화장실을 따로 마련해 줘야 한다.

　미주의 햄스터 상자에는 없는 것들이다. 이전에 키우던 사람은 이런 걸 몰랐나 보다. 미주는 며칠 전 학교 가는 길에 햄스터가 든 상자를 발견했다. 평범한 상자였다. 두꺼운 종이로 만들어진 뚜껑 있는 상자. 그냥 지나칠 수도 있었지만 미주는 그 상자가 엄마가 동생을 데리고 외할머니집으로 갔을 때 사라진 상자와 닮았다고 생각했다. 아기의 속옷, 양말, 기저귀가 들어 있던 상자. 공원의 나무 아래 깊숙이 박힌 상자를 끄집어내고 뚜껑을 열었을 때 미주는 기절할 뻔했다. 크고 노란 햄스터 한 마리와 비엔나소시지보다 조금 큰 일곱 마리의 아기 햄스터들이 자기들끼리 모여 꿈틀대고 있었다.

　미주는 용돈을 아껴서 햄스터를 잘 키우는 데 필요한 것들을 하나씩 사기로 마음먹는다. 엄마 햄스터와 새끼들을 잘 키우겠다고 다짐한다. 햄스터가 혼자 살기 좋아한다는 사실에 놀란다. 햄스터가 큰 뒤에 한 케이지 안에 두면 서로 싸운다고 했다. 그 말은 여덟 마리에게 각자의 집이 필요하다는 말이어서 근심이 된다. 문득 엄마와 아빠도 한집에서 죽일 듯이 싸웠다는 것이 떠오른다. 왜 다들 사이좋게 지내지 못할까.

　집에 갈 때 선생님이 채집통을 건네며 여러 번 당부한다.

　미주야, 학교로 햄스터 가져오면 안 돼. 노랑이에게 교실은 너무 힘든 곳이야. 다시는 가져오면 안 된다. 아버지께는 말씀

안 드릴게. 다음부터는 가지고 오지 마라.

    미주는 학교 정문으로 걸어 나간다. 한 손엔 채집통을 들고 다른 쪽은 윤하 손을 잡았다. 교문 앞은 늘 엄마들, 할머니와 할아버지 들, 학원 차들이 뒤엉켜 북적였다. 미주는 그 풍경에 섞이지 않고 투명 인간처럼 빠져나오곤 했다. 삼삼오오 모여서 수다를 떠는 엄마들. 엄마의 품에 안긴 아기들. 누군가 부르면 한꺼번에 돌아보는 엄마들. 미주를 힐끗힐끗 위아래로 훑어보는 시선들. 오늘은 옆에 윤하가 있어서 미주는 당당하다. 윤하가 다음 날 햄스터를 보러 미주네 집에 가기로 한다.
    오늘은 학원 가야 해서 안 돼. 내일 엄마 허락 맡아 올게.
    윤하와 미주는 전화번호를 교환했다. 윤하가 손을 흔들고 학원 버스로 뛰어갔다. 미주는 윤하가 버스에 올라타는 모습을 바라본다. 윤하와 친구가 된 것이 행복하다. 이게 다 햄스터 덕분이다.
    이틀 전 미주가 교실에서 종합장에 햄스터들을 그리고 있자 아이들이 하나둘 모여들었다. 미주가 키우는 햄스터를 부러워하며 관심을 보였다. 아이들의 관심이 낯설어 미주는 얼떨떨했다.
    골든 햄스터구나. 이거 진짜 귀여운데.

윤하가 그렇게 말하면서 미주 옆에 앉았다. 몸을 미주 쪽으로 붙여 넣을 빼고 그림을 지켜봤다. 인기 있는 윤하가 옆에 있는 게 신기하다. 미주는 윤하를 좋아한다. 착하고 공부도 잘하면서 아이돌 춤을 잘 추기 때문만이 아니다. 윤하는 안전하다. 미주는 그걸 느낄 수 있다. 미주의 착 달라붙은 머리카락을 힐끗거리거나 낡은 동전 지갑을 흉보거나 거지 아파트에 산다고 속삭이는 애들과는 다르다.

윤하야, 너도 햄스터 키워? 미주가 물었다.

아니. 나 너무 키우고 싶은데 엄마가 안 된대. 대학교 들어가면 키울 수 있댔어. 대신 햄스터 키우기 책 사 주셨어.

그때 미주는 윤하에게 새끼 햄스터 한 마리를 선물해야겠다고 마음먹었다. 집에선 못 키우지만 윤하의 것으로 미주가 키우다가 나중에 윤하에게 줘야겠다고 말이다.

미주네 아파트 출입문 앞에는 뜨거운 여름이면 고약한 냄새가 나는 고무바닥 놀이터가 있다. 작은 미끄럼틀, 알록달록한 시소, 올라타서 흔들 수 있는 플라스틱 말과 자동차가 있다. 미주는 출입문 직전에서 습관처럼 놀이터를 흘끔거린다. 아는 애들, 특히 박성대 형제가 놀이터에 진을 치고 있을지 모르기 때문이다. 아파트나 공원에서 만나면 박성대는 교실에 있을 때보다 포악해졌다.

박성대는 미주를 '탈모'라는 기분 나쁜 별명으로 부르고, 싸우다 막히면 욕설과 함께 느그 엄마는 집 나갔지? 느그 아빠가 때려서 나갔지? 라며 패드립을 일삼는다. 상종을 하고 싶지 않은데 아파트 옆 동에 사는 데다 올해는 같은 반이기도 하다. 햄스터 상자를 발견한 날 미주가 상자를 들고 집으로 뛰어가는데 성대와 마주쳤다. 성대는 끈질기게 그 상자 뭐냐고 물었었다. 게다가 햄스터 그림을 그리는 미주를 방해하고 뭘 아는 것처럼 햄스터 키운다고? 어디서 났어? 느그 아빠가 사 줬다고? 그럴 리 없다는 듯이 캐물었다. 미주는 일절 대꾸하지 않았다. 미주 일이라면 오지랖을 떠는 성대가 너무 싫다. 성대는 형, 엄마와 셋이 산다. 성대는 불쾌한 아이지만 성대의 형인 정대는 위험한 사람이다. 정대가 친구들과 함께 서서 침을 뱉고 있으면 어른들도 피해 다닌다.

놀이터가 빈 것을 확인하고 미주는 빠른 걸음으로 아파트로 들어가 엘리베이터 버튼을 누른다. 집은 조용하다. 헬스장 직원인 아빠는 오전에 집에 들러 잠을 자고 다시 헬스장으로 나간다. 지금은 아빠가 없는 시간이지만 가끔 집 문을 벌컥 열고 들어올 때도 있어 눈치를 살핀다. 미주는 작은 방으로 뛰어가 옷장 문을 연다. 상자는 그대로 있다. 아빠는 미주 옷장을 열어 본 적이 거의 없다. 며칠 내내 아빠는 옷장 안에 햄스터가 있다는 걸 눈치채지 못했다. 미주가 상자를 조심스럽게 바닥에 내리고 뚜껑을 열어젖힌다.

골든이 구석에 길게 엎드려 있다. 자고 있었는지 눈을 천천히 뜬다. 아기 두 마리가 골든의 몸 아래에 얼굴을 들이밀고 있다. 젖을 먹나 보다. 미주는 노랑이를 꺼내어 상자 속에 내려놓았다. 노랑이는 움직이지 않았다. 피곤하겠지.

물그릇이 엎어져 있고 아침에 뿌려 놓은 시리얼은 흩어져 있지만 거의 입을 대지 않았다. 시리얼 하나를 집어 들어 골든의 입 앞에 살며시 갖다 댔지만 골든은 몸을 움직여 피했다. 햄스터가 해바라기씨나 땅콩을 먹는다는 걸 미주도 안다. 하지만 집에는 시리얼이나 라면, 프로틴 가루는 있어도 그런 건 없다. 주머니를 뒤져 용돈을 꺼낸다. 2000원이다. 아빠가 동전을 넣어 두는 서랍을 뒤집었더니 몇백 원이 나온다. 동전까지 모아서 마트에 간다. 작은 봉지에 든 땅콩이 다행히 1500원이다.

미주가 골든 앞에 땅콩 하나를 놓는다. 아기들 앞에도 하나씩 내려놓는다. 골든은 처음엔 코만 킁킁대며 움직이지 않더니 잠시 후 땅콩으로 다가간다. 작은 손으로 땅콩을 집어 입으로 가져간다. 미주는 소리를 지를 뻔한다. 햄스터의 작은 두 손에 더 작은 손가락들이 붙어 있다. 그 작은 손가락으로 땅콩을 꽉 잡는 것이 너무 귀엽다. 골든이 놀랄까 봐 미주는 숨죽여 지켜본다. 땅콩을 입에 가져가 한 번 깨문다. 두 번 세

번 부서진 땅콩이 입으로 쏙 들어간다. 이어 다른 땅콩 하나를 집어 들어 마찬가지로 입으로 밀어 넣는다. 그렇게 골든은 다섯 개의 땅콩을 연달아 먹었다.

저녁 시간에 아빠가 들어왔다. 미주의 저녁을 차려 주고 나면 아빠는 헬스장에 가서 잔다. 밤늦게 문을 닫고 아침 일찍 문을 열어야 하기 때문이다. 아빠는 한때 헬스장 사장이었는데 지금은 다른 사람의 헬스장에서 일한다. 아빠가 말없이 밥과 반찬을 놓는다. 미주가 수저를 꺼내어 놓는다. 아빠는 다른 생각에 빠진 듯 멍하니 밥을 밀어 넣는다. 미주는 물어볼까 말까 망설여진다. 다음 주 일요일이 미주의 생일이다.

아빠, 제 생일에 뭐 받고 싶은지 물어봤잖아요.

어. 생일 선물? 뭐 받고 싶은데?

햄스터요. 친구가 순다고 했는데 키워도 돼요?

햄스터? 그게 뭔데?

미주는 아빠에게 햄스터 사진을 검색해서 보여 줬다. 아빠는 보자마자 고개를 흔들며 눈을 부라렸다.

안 돼. 집에서 이런 거 키우면 냄새나. 지금도 청소 안 하는데 집 더 더러워져서 안 돼.

지난번에 미주가 강아지를 키우고 싶다고 했을 때는 집이 좁아서 안 된다고 했다. 햄스터는 좁은 데서도 키울 수 있다고 말하려고 했는데. 아빠는 두 번 말하면 화를 낸다. 미주는 입을 꾹 닫는다. 자기가 먼저 생일 선물로 뭐 받고 싶냐고 물었으면서.

사실 생일에 미주는 엄마에게 가고 싶다. 생일을 엄마와 동생과 같이 보내고 싶다. 일요일이니까 되지 않을까? 엄마는 내 생일을 까먹은 게 분명하다. 미주는 아빠 전화기에서 몰래 엄마 번호를 찾았다. 아빠 몰래 몇 번 전화했지만 받지 않았다.

마당 넓은 외할머니집이 떠오른다. 허리가 꼬부라진 외할머니는 미주가 도착하면 밭 가운데서 무릎을 짚으며 힘겹게 일어났다. 넓은 바지 주머니에서 나오는 호박엿 사탕의 맛이 떠오른다. 엄마가 외할머니와 함께 밭일을 하는 동안 미주는 끈적한 사탕을 입에 물고 긴 나뭇가지를 들고 집 근처를 쏘다녔다. 나도 외할머니집에 가고 싶다. 하지만 이렇게 말하면 아빠가 화를 낸다. 엄마 얘기를 하면 폭발해서 무섭다. 미주도 화가 난다. 눈물이 날 것 같다. 엄마는 동생만 데리고 갔다. 나도 데리고 가든지 아니면 동생은 두고 가지.

설거지해 놓고 일찍 자! 핸드폰 한다고 늦게 자지 말고! 아빠는 소리치고 헬스장으로 가 버렸다.

다음 날 아침 미주는 일어나자마자 요와 이불을 갰다. 윤하가 하교 후에 집에 올지도 몰랐다. 윤하가 햄스터를 보면 얼마나 좋아할지 생각하니 설렜다. 제일 마음에 드는 아이를 고르라고 해야지. 그런데 유심히 햄스터들을 보는데 이상하다. 한 마리가 없다. 새끼가 여섯 마리밖에 없었다. 잘 보니 노랑이가 사라졌다. 상자 주위를 살펴봤지만 찾지 못했다. 지각할 것 같아 미주는 일단 상자 뚜껑을 닫아 놓고 학교로 향했다. 노랑이는 톱밥 속에 있거나 상자 밖으로 탈출해서 옷장 속에 있을 것이었다. 참 신기한 일이라고 생각했다.

윤하가 말했다.

미주야, 엄마가 학원 빠지는 건 안 된대. 절대로.

어쩔 수 없었다. 윤하 엄마가 엄청 무섭다는 건 익히 아는 사실이었다. 윤하는 시험에서 하나만 틀려도 엄마한테 혼날까 봐 울곤 했다.

이럼 어떨까? 윤하가 말했다. 나 수학 끝나고 영어 가는 사이에 30분 정도 시간 있어. 내가 빨리 너희 집 가서 보고 오면 안 될까? 30분 만에 너희 집 갔다 올 수 있겠지?

수학 학원에서 우리 집 오면 햄스터 보자마자 바로 가야 할걸. 이럼 어떨까? 내가 한 마리 들고 갈게. 너희 수학 학원 앞으로.

미주와 윤하는 손뼉을 맞부딪쳤다. 윤하가 사진을 보고 고심해서 고른 건 보라였다. 보라는 양쪽 귀에 갈색 얼룩이 있는 골든햄스터다.

미주와 윤하는 하루 종일 단짝처럼 붙어 있었다. 노랑이가 없어졌다는 얘기에 윤하도 고개를 갸우뚱했다. 윤하는 톱밥 속에 있을 것 같다고 했다. 그 작은 아이가 상자를 기어 올라갈 수 없다고 했다. 그 말도 일리가 있어서 미주 역시 집에 가면 톱밥을 다시 뒤져 보리라 생각했다. 윤하가 집에 안 먹는 견과류가 많으니 들고 오겠다고 했다. 자신의 햄스터는 보라 말고 이름을 하루미로 붙이고 싶다고도 했다.

미주는 서둘러 집으로 갔다. 집 앞 놀이터에 성대가 앉아서 핸드폰을 하고 있었다. 성대가 고개를 들까 봐 조용히 아파트 안으로 들어갔다. 어서 노랑이를 찾아보고 싶었다. 옷장 안에서 햄스터의 냄새가 점점 진해졌다. 톱밥을 뒤집어 노랑이를 찾으려면 새끼들을 모조리 꺼내야 했다. 미주가 새끼들 쪽으로 손을 집어넣었다.

그때였다. 찌익찌익, 골든이 사나운 소리를 내며 몸을 세웠다. 미주는 놀라 손을 거뒀다. 아기들을 해칠까 봐 그러는 거야? 아니야. 골든. 노랑이를 찾으려고 하는 거야. 미주가 말해 봤지만 골든은 계속해서 소리를 질렀다. 미주는 아이들을 다 꺼내고 톱밥을 뒤집으려는 계획을 포기했다. 그저 물통에 새 물을 떠서 골든 앞에 놓아 주고 땅콩을 몇 개 놓았다. 이 갈지러울 때 갉으라고 잔디밭에서 주워 온 굵은 나뭇가지도 넣어 주었다. 그리고 골든이 신경을 안 쓰는 동안 빠르게 보라를 집어 올려 채집통에 넣었다.

보라를 든 미주가 수학 학원 앞에서 윤하를 기다린다. 미주를 아는 아이들이 지나가면 미주는 채집통을 숨겼다. 지난번처럼 아이들이 몰려들면 안 될 것 같았다. 나올 시간이 되었는데 어찌 된 일인지 윤하가 나오지 않았다. 미주는 건물 1층에서 엘리베이터가 열릴 때마다 나오는 사람들을 눈여겨봤다. 영어학원 시간까지 15분밖에 남지 않았다. 전화를 걸려던 차에 엘리베이터가 열리고 윤하의 얼굴이 보였다. 미주가 반갑게 손을 흔드는데 윤하의 표정이 긴장돼 보였다. 윤하 뒤에 딱 붙어 얼굴이 하얗고 입술이 빨간 아줌마가 윤하와 같이 나오고 있었다. 윤하의 엄마임이 분명했다.

윤하 친구니?

윤하보다 먼저 윤하 엄마가 미주에게 말을 걸었다.

네.

같은 반이니?

네.

이름이 뭐야?

성미주요.

성미주? 처음 들어 보네. 미주는 어디 사니?

10단지요.

윤하 엄마가 미주의 머리카락과 얼굴을 찬찬히 들여다봤다.

그래. 학원에 왔니?

아니요.

그때 윤하가 말했다.

엄마, 나 영어 늦었어. 미주야, 내일 학교에서 보자.

윤하와 미주의 눈이 마주쳤다. 미주가 알겠다는 듯이 고개를 끄덕였다.

어. 안녕.

그래. 얼른 가자. 미주야 그럼 잘 가라.

네.

윤하와 윤하 엄마는 도로를 따라 걸어갔다. 윤하 엄마가 윤하의 어깨에 팔을 올리고 비스듬히 기대어 걸어가는 모습을 미주는 물끄러미 바라봤다. 외투 안에 채집통을 넣은 것이 다행이라고 생각했다. 미주는 친구들의 엄마들이 무서웠다. 엄마들은 미주를 좋아하지 않기 때문이다. 윤하 엄마가 햄스터를 봤으면 윤하도 미주도 혼났을 게 분명하다.

야, 탈모.

미주의 얼굴이 굳어진다. 윤하를 생각하며 걸어오다가 놀이터를 살핀다는 걸 깜박하고 말았다. 성대와 정대가 장난감 말과 자동차에 각각 앉아 미주를 보고 있었다.

정대가 놀이기구에서 내려 미주에게 천천히 다가온다. 걸음을 서두르지만 정대가 앞을 막고 선다.

머리털 많이 났네.

정대는 미주의 얼굴에 착 달라붙은 단발머리를 슬쩍 건드린다. 손가락에서 담배 냄새가 난다.

집 나간 엄만 들어오셨고? 왜 대답이 없냐? 야, 돈 좀 빌려줘. 근데 그거 뭐냐.

미주가 채집통을 뒤로 숨긴다.

뭐야? 사슴벌레야?

그거 햄스터야. 쟤 햄스터 있어. 성대가 말한다.

정대는 피식 웃으며 미주에게 말한다.

꼴에 햄스터 키워? 함 보자.

미주는 대답하지 않는다. 정대에게선 심한 입냄새가 난다. 일른 십으로 늘어가고 싶을 뿐이다.

근데 사람이 묻는데 왜 대답을 안 해? 나 무시하냐? 아까부터.

정대가 발로 미주의 엉덩이를 찼다. 미주가 한 걸음 앞으로 밀려난다.

대답하라고. 이거 네 거야?

어.

미주가 대답했다. 모자와 장갑을 낀 할아버지와 할머니가

절뚝이며 현관에서 나왔지만 이쪽 일엔 신경 쓰지 않는다.

개 햄스터 일곱 마리래. 성대가 끼어든다.

일곱 마리라고? 정대가 흥분한다. 야 씨 부럽다. 야. 너 그거 봤어? 햄스터 팀킬하는 거. 유튜브에서 봤어. 끝내줘. 완전히 다 죽을 때까지 싸우거든.

미주는 얼른 집에 가고 싶다. 윤하가 오지 않아서 다행이라고 생각했다가 윤하와 같이 왔어도 정대가 이렇게 했을까 싶다.

야, 나 그거 줘. 정대가 말했다. 어차피 걔네 다 죽어. 싸우고 죽여. 그리고 그거 알아? 걔네 엄마가 애들 죽여. 그러니까 어차피 일곱 마리여도 나중엔 다 죽게 돼. 그러니까 나 한 마리만 줘.

미주는 정대가 무슨 말을 하는지 모르겠다.

이거 내 거 아냐. 친구 건데 내가 맡아 놓은 거야.

일곱 마리라며. 친구도 주고 나도 주면 되잖아.

미주는 도망가고 싶다. 누군가 끼어들어 이 상황을 끝내줬으면 좋겠다. 한낮의 햇빛이 아파트 마당에 칼같이 내리쬐는데 사방이 조용하다. 정대의 얼굴에서 웃음기가 가신다.

이게 사람 무시하네?

아까보다 더 세게 미주의 엉덩이를 찬다. 미주가 앞으로 넘어지면서 비틀거린다. 정대가 미주의 손에 들려 있던 곤충채집통을 잡아챈다.

안 돼. 줘. 미주가 상자 쪽으로 손을 뻗자 정대는 채집통을 위로 들어 올리면서 미주의 어깨를 세게 민다. 미주가 주저앉는다. 엉덩이가 아프고 손바닥이 쓰라리다.

씨발 좀 나누고 살자. 일곱 마리나 있다면서.

다른 거 줄게. 그건 친구 거야.

정대는 아랑곳하지 않고 햄스터를 들여다보며 감탄한다.

진짜 작네. 살아 있지? 탈모야. 고맙다. 잘 쓸게. 네가 준 거다. 내가 뺏었다고 하지 마라. 죽여 버린다.

발걸음이 무겁다. 왜 아빠는 하필 정대가 사는 아파트로 이사 왔을까. 정대가 경찰서에 잡혀갔으면 좋겠다. 감옥에 갇혀서 거기서 죽었으면 좋겠다. 하지만 지금 당장은 아무 생각도 하고 싶지 않고 잠을 자고 싶다. 화장실로 가서 손을 씻고 찬물로 세수를 한다. 수건으로 물기를 닦자 정신이 조금 든다. 옷을 다 벗고 내복 차림이 된다. 개켜 놓은 이불을 거실에 대충 깔고 이불 속으로 들어간다. 티브이를 켠다. 크게 소리를 켜 놓고 만화를 본다. 가슴을 누른 채 새우 모양으로 몸을 말아 눕는다. 말하는 동물들과 마술을 쓰는 아이들이 나오는 만화를 보면서 까무룩 잠이 든다.

가방 속에 있는 미주의 휴대전화가 진동한다. 밖은 어둡다. 티브이에서 나오는 현란한 빛이 벽에 반사된다. 티브이를 끄자 웃음소리가 일제히 사라지며 정적이 찾아온다. 미주가 눈을 껌벅거리다 가방을 열고 우웅우웅 떨고 있는 핸드폰을 꺼낸다.

어디야! 왜 이렇게 전화를 안 받아! 통화 버튼을 누르자마자 아빠의 목소리가 솟구친다.

잤어요. 미주는 아빠에게 혼날 때 자동적으로 높임말이 나온다.

선생님한테 전화 왔는데 도대체 이게 뭔 소리야? 햄스터가 있어? 무슨 말이야? 햄스터가 어디서 났어? 근데 그 햄스터가 지금 왜 다른 애 손에 있는 거야?

미주가 대답할 틈도 없이 아빠는 고함을 지른다. 아빠가 어디까지 알고 있는지 모르겠다. 선생님이 아빠에게 전화했다는 걸 알겠다. 아빠는 선생님을 싫어한다. 아니 선생님이 아빠를 싫어할 것이다. 4학년이 되고 얼마 안 돼 선생님이 아빠에게 전화를 했다. 학교에 제출해야 하는 것을 한참 동안 내지 않았기 때문이다. 보호자 사인을 받아야 했는데 아빠가 가져가서는 잃어버리고 미주도 까먹었다. 선생님이 아빠에게 전화를 했는데 아빠는 별것 아닌 일로 바쁜 사람을 귀찮게 한다고 화를 냈다. 교육청에 고발하겠다고 고함을 질렀다. 그 일이 있고 나서 미주는 선생님을 싫어하기로 마음먹었다. 선생님이 미주를 싫어할 게 분명하기 때문이다. 미주의 목소리가 떨린다.

아침에 학교 가는 길에 햄스터를 주웠어요. 그래서 학교에 가져갔어요. 근데 집에 오다가 집 앞에서 성대랑 정대 오빠를 만났는데 정대 오빠가 뺏어 갔어요.

미주는 차마 햄스터 상자가 집에 있다고 말할 수가 없다. 거짓과 사실을 섞어 말했다.

성대랑 정대가 누구야? 그 옆 동 사는 애들? 걔네가 그걸 왜 가져가!

갑자기 설움이 북받쳐 울음이 터진다.

걔네들 나 보기만 하면 놀린다고. 탈모라고 그러고. 맨날 엄마 집 나갔다고 놀려. 햄스터도 그냥 놓아주려고 했는데 정대 오빠가 때리면서 빼앗아 갔어.

잠시 침묵과 함께 분노에 어린 한숨 소리가 들린다.

에이, 아휴, 이놈들을 진짜. 아휴. 어이구 진짜! 아, 울지 마! 선생님은 알아? 왜 아빠한테 말을 안 했어! 선생님한테라도 얘기를 해야지. 아휴, 알았어. 울지 좀 마. 왜 울어! 아무튼 햄스터는 정대라는 놈이 가져갔다는 말이지? 그 햄스터 죽은 거랑 너는 아무 상관이 없단 거지? 확실하지? 너는 아무 짓도 안 했고 그냥 빼앗긴 거다. 알겠어. 그만 울어! 울지 말고 집에서 기다려!

아빠의 전화가 뚝 끊긴다. 미주도 울음을 그친다. 아빠에게 엄마 얘기는 핵폭탄 스위치다. 엄마 얘기를 들으면 아빠 두뇌가 정지된다. 선생님에겐 미안하지만 아빠의 분노는 이제 성대 형제와 선생님으로 방향을 틀었다. 그런데 햄스터가 죽었다는 게 무슨 말이지? 선생님이 아빠한테 말 안 한다고 했는데 왜 햄스터 얘기를 했을까.

휴대전화에 문자와 부재중 전화가 쌓여 있다.

정대 형이 너 보면 죽인대. 죽은 햄스터 줬다고.

성대가 보내온 톡이다. 사진에 햄스터가 보인다. 귀에 갈색 얼룩이 있는 보라다. 곤충채집통 바깥에 놓인 보라는 힘없이 늘어져 있다. 눈이 감기고 다리가 모여 있다. 아까는 분명히 살아 있었는데 죽었다. 두 번째 사진을 열던 미주가 외마디 소리를 지르며 핸드폰을 떨어뜨린다. 차마 다시 볼 수 없다. 사진 아래 문자가 있다.

이르기만 해 봐. 머리카락 다 뽑아 버린다. 근데 그 햄스터 네 거 아니지? 훔친 거지? 그때 아침에 들고 있던 상자에 햄스터 들어 있었지?

미주는 괴롭다. 이번엔 선생님에게서 전화가 온다.

미주야.

네.

미주야, 혹시 너도 햄스터 사진 받았니?

네. 미주의 눈시울이 붉어진다.

보라의 팔다리가 잘린 사진이다. 피 묻은 가위와 같이 찍힌 그 사진을 성대가 다른 아이들에게도 보냈다. 영상도 있다고 했다. 한 아이가 부모에게 말했고 학교로 연락이 갔다. 선생님은 이틀 동안 햄스터를 두 번이나 본 것이 우연이라고 믿기 어려웠다. 미주가 가져온 햄스터가 사진 속 햄스터일 것이라고 확신했다. 성대도 성대 엄마도 전화를 받지 않았다. 햄스터가 왜 미주가 아닌 성대에게 있을까. 미주가 줬을까? 미주가 전화를 받지 않아서 다른 아이에게 전화를 했다가 미주가 일곱 마리의 햄스터를 갖고 있다는 사실도 알게 됐다고 했다.

아버님도 모르시던데 집에 햄스터가 일곱 마리 있니? 응? 네가 성대한테 햄스터 줬어? 혹시 성대가 뭐라고 하면서 가져갔니? 미주야 선생님 아직 퇴근도 못 하고 도대체 이게 무슨 일인지 모르겠다. 속 시원하게 좀 말해 봐. 선생님 목소리에 짜증과 피곤이 묻어난다.

선생님에게 말하고 싶지만 정대도 무섭고 아빠도 무섭다. 미주가 훌쩍인다.

알았어. 미주야. 우리는 내일 학교에서 얘기하자. 울지 말아라. 선생님이 아버님과 얘기할게.

안 돼요. 선생님. 아빠한테 말하지 마세요! 미주가 덧붙였지만 이미 전화는 끊어져 있다. 정신이 번쩍 든다. 아빠가 알게 된다면. 햄스터 상자에 생각이 미친다. 상자를 치워야 한다.

미주는 방으로 들어간다. 옷장에서 소리가 들린다. 작고 희미한 소리. 삑삑 같기도 하고 찍찍 같기도 한 그 소리는 옷장 속에서 나고 있다. 미주가 상자의 뚜껑을 연다. 골든이다. 고개를 들어 미주를 쳐다보더니 입을 크게 벌리고 찌르르 소리를 낸다. 갑자기 가장 가까이 있는 파랑이의 목을 문다. 파랑이가 삑삑거리면서 버둥거린다.

골든아, 너 뭐 해?

파랑이가 버둥거리는데도 골든은 목을 문 입을 떼지 않는다. 골든! 미주가 골든을 잡아당긴다. 골든이 펄쩍 뛰어 아기를 내려놓고 미주의 손가락을 깨문다. 너무 아프다. 피가 난다. 이렇게 파랑이의 목을 물었다고 생각하니 끔찍하다. 미주가 놀라 황급히 손을 빼자 골든은 다시 아기에게 돌진한다. 파랑이의 작은 몸을 여기저기 물어 댄다. 방울방울 붉은 피가 스며 나온다. 골든이 두 손으로 새끼를 잡고 피가 날 때까지 입을 떼지 않는다. 마침내 아기가 축 늘어진다. 미주는 차마 어떻게 할 수가 없다. 상자 뚜껑을 황급히 닫는다. 쿵쿵쿵쿵…… 미주의 심장이 세차게 뛴다. 목으로 심장이 튀어나올 것 같다.

영주가 떠올랐다. 미주의 동생. 영주는 우는 아기였다. 내내 울었다. 엄마는 달랠 생각이 없었다. 아기 울음소리가 들리지 않는 것처럼 아기를 쳐다보지 않았다. 아빠는 거의 집에 없었다. 차라리 그게 나았다. 아빠가 집에 있을 때 영주가 울면 아빠와 엄마가 싸우기 시작했기 때문이다.

애 울잖아! 아빠가 소리를 친다.

시끄러워? 생활비나 주고 그런 말을 해. 네가 싸질렀으니까 네가 책임져. 표정 없는 얼굴로 엄마가 말했다.

소리치는 아빠도 무표정한 엄마도 무서웠다. 미주가 영주에게 다가가 안고 흔들었다. 분유를 먹였고 기저귀를 갈았다. 눈물이 그렁한 눈으로 영주는 미주와 눈이 마주친 채 젖병을 빨았다. 미주는 제발 영주가 울지 않았으면 했다. 하지만 아기는 언제나 목청껏 울었다.

아빠는 한동안 집에 들어오지 않았다. 대신 아빠를 찾는 사람들이 몰려왔다. 아빠 이름을 부르면서 문을 두드리고 초인종을 쉴 새 없이 눌러 댔다. 엄마는 방에서 미주와 영주와 함께 아무것도 안 들리는 것처럼 꼼짝하지 않았다.

어느 날 밤 미주가 자다가 눈을 떴다. 거실 창문으로 들어오는 노란 불빛에 엄마가 앉아 있는 뒷모습이 보였다. 누운 미주 쪽으로 향한 엄마의 등은 넓고 높았다. 엄마? 미주가 엄마를 불렀다. 엄마가 고개만 돌려 미주를 보았다. 자. 얼른. 눈

감고 자. 자꾸만 자라는 엄마의 말에 미주는 응. 대답했다. 얼른 눈 감아. 엄마가 재촉했다. 내내 울던 아기가 그날따라 조용했다.

다음 날 점심때가 다 되어 미주가 혼자 일어났다. 집이 조용했다. 엄마도 영주도 없었다. 모처럼 혼자 미주는 엎드려 그림책을 읽었다. 어디 갔지? 엄마의 겉옷이 없었다. 영주를 싼 얇은 이불도 없고 영주의 기저귀와 옷을 넣어 둔 상자가 없어졌다. 미주는 잘 먹는 아이가 아니었지만 점심이 한참 지난 시간이라 배가 많이 고팠다. 냉장고에 있는 식은 밥을 꺼냈다. 물에 말아서 김 하나를 뜯어 같이 먹었다.

미주는 종일 누군가 집에 오기를 기다렸다. 늦게 현관문을 연 사람은 뜻밖에 아빠였다. 영주와 엄마는 어디 갔냐는 미주의 물음에 아빠가 멍하니 미주를 바라봤다.

외할머니 집에 갔어? 미주가 물었다.

응. 아빠가 대답했다.

미주가 시무룩해졌다.

나도 외할머니 집 가고 싶은데. 영주는 내가 있어야 잘 안 우는데. 근데 엄마가 영주 젖병 안 가져갔어.

넉넉히 남은 분유와 젖병이 식탁 위에 그대로 있었다. 미주가 아빠에게 그것들을 가리켰다. 그 말에 아빠는 텅 빈 사람처럼 창밖을 바라봤다.

괜찮아. 아빠가 말했다.

괜찮지 않다. 아빠는 모른다. 영주가 울면 젖병을 물려야 안 우는데. 미주는 곧 엄마가 젖병을 찾으러 올 거라고 생각했다. 그때 자기도 따라가야겠다고 마음먹었다. 하지만 엄마는 집에 오지 않았다. 영주도 오지 않았다. 아빠가 화를 냈기 때문에 미주는 더 이상 엄마에 대해 묻지 않았다. 몇 주, 몇 달이 지났다. 미주는 영주의 분유를 떠먹었다. 젖병에 넣어서 빨기도 했다. 엄마가 오지 않는다. 한밤중에 잠에서 깬 그날을 미주는 자주 생각했다. 엄마는 왜 미주를 떠났을까. 내가 잠에서 깼기 때문일까, 그럴지 모른다고 생각했다. 그날 엄마는 미주에게서 동생도 빼앗았다.

잘 키우겠다고 다짐했었잖아. 미주는 용기를 내어 상자 뚜껑을 빌컥 열었다. 골든은 구석에서 자고 있다. 다행이다. 아기들이 모인 구덩이를 살펴본다. 세 마리밖에 없다. 뿐만 아니라 빨강도 다른 아이들과 떨어져 구석에 박혀 있다. 빨강의 몸에 핏자국이 나 있다. 미주가 빨강을 손가락으로 집어 낸다. 휴지로 감싸 바닥에 내려놓는다. 아기들을 유심히 본다. 남은 아기들은 고작 세 마리다. 주황, 남, 초록이다. 골든을 피해 톱밥을 요리조리 살펴보지만 파랑은 없다. 종이 상자 안은 톱밥에 핏자국과 쏟아진 물, 땅콩과 오줌, 작은 똥이 뒤섞여 있다. 자고 있는 골든 안에 파랑과 노랑마저 있다고 생각하니 골든의 배가 꿈틀거리는 것 같다. 미주의 배도 꿈틀거려 토할 것 같다.

찬장에서 금속으로 된 사탕통을 가져온다. 한때 사탕이 담겨 있었지만 이제는 나사, 고무줄, 동전을 넣은 통이다. 통 속의 내용물을 쏟는다. 골든을 집어 올린다. 골든이 버둥거려 놓칠 뻔하지만 미주는 손에 힘을 주고 금속 통 안으로 골든을 던져 넣는다. 위에서 뚜껑을 눌러 닫는다. 골든은 버둥거린다. 금속 통이 긁히는 소리가 들린다.

얼른 자. 눈 감아. 얼른 자라고. 엄마가 말했다. 자다 말고 뭐 하냐는 미주의 말에 손은 앞으로 뻗은 채 고개만 돌려 말했다. 아기가 울어도 안 쳐다보던 엄마가 그날 밤은 왜 아기를 보고 있었을까.

뚜껑을 살짝 열자마자 골든이 통 밖으로 튀어 오른다. 미주는 얼른 골든을 뚜껑으로 누른다. 골든이 뚜껑과 통 사이에 끼었다. 머리 쪽이 눌려 머리와 한쪽 다리가 뚜껑 바깥으로 나왔다. 골든의 몸을 지그시 누른다. 움직이지 마. 손에서 힘을 빼면 골든이 튀쳐나갈 것 같다. 미주는 모르겠다. 어떻게 해야 할지 모르겠다. 가르쳐 줄 사람이 있으면 좋겠다. 윤하라면 어떻게 할지 알려 줄 텐데. 윤하와 같이 도서관에 간 일이 한참 전인 것 같다. 손을 움직일 수 없다. 골든이 아무 소리도 내지 않을 때까지만 누르고 있으려 한다. 미주는 손에서 힘을 조금 뺀다. 골든이 꿈틀대는 느낌이 손가락에 전달된다.

어떻게 네가 낳은 아기를 먹을 수가 있어?

눈을 감고 미주는 기다린다. 영주가 떠오른다. 엄마도, 아빠도. 윤하 엄마와 윤하도, 성대와 정대도 떠오른다. 눈을 떴을 때 골든의 오물이 바깥으로 나온 것을 본다 손을 뗐는데도 골든은 움직이지 않는다. 미주는 잘 우는 아이가 아니다. 손톱을 물어뜯는다. 피맛이 난다.

골든과 빨강을 휴지에 둘둘 싼다. 주황, 남, 초록이 든 종이 상자를 든다. 아빠가 오기 전에 밖으로 나가야 한다. 아빠는 저녁에 헬스장으로 또 가야 한다. 아빠가 헬스장에 갈 때까지만 밖에 있으면 된다. 미주는 재활용 분리수거장에서 깨끗한 종이 상자를 가져온다. 수건을 상자 바닥에 깐다. 톱밥 속에 파묻혀 있는 아기들을 수건 위로 옮기고 지저분해진 상자를 버린다. 상자를 들고 걸음을 옮긴다. 어디로 가야 할까. 처음 상자를 발견한 놀이터 옆 공원으로 간다.

미주는 공원의 벤치에 앉아 공원의 사람들을 본다. 저녁 시간이라 그런지 공원에 사람들이 많다. 외할머니의 얼굴은 잘 기억나지 않지만 미주의 얼굴을 쓰다듬던 딱딱하고 굽은 손가락의 촉감이 기억난다. 외할머니 집 주위엔 사방이 빈 땅이다. 언 땅에 검은 비닐이 박혀 너풀거린다. 수확하지 않은 채소들이 무른 채 얼어 있다. 언 쥐, 비닐봉지 속에서 썩고 있던 물고기, 배가 홀쭉하게 들어간 채 죽은 고양이 사이로 막걸리 통, 빈 페트병이 나뒹구는 그곳 한구석에 버려진 상자가 눈에 보이는 것 같다. 영주는 그 안에 있을지도 모른다.

아빠의 부재중 전화가 다섯 통 와 있다. 미주는 엄마에게 다시 한번 전화를 한다. 엄마 왜 그랬어? 나도 데려가 줘. 외할머니 집에서 살래. 전화벨이 한참 울리지만 아무도 전화를 받지 않는다. 미주는 엄마의 전화번호를 지운다. 몇 개 없는 전화번호 목록에 윤하의 이름이 보인다. 미주는 윤하에게 전화한다.

미주니?

윤하가 전화를 받는다.

윤하야, 보라가 죽었어.

미주는 윤하에게 오늘 저녁부터 일어난 일들을 얘기한다. 정대가 보라를 빼앗고 해부한 것, 골든이 파랑을 물어뜯은 것. 파랑과 빨강이 죽었고 마지막으로 미주가 골든을 넣은 상자를 눌렀고 골든이 죽었다는 이야기를 할 때는 다시 눈물이 났다.

대박. 미주야 너 괜찮니?

어떻게 할지 모르겠어.

일단 죽은 햄스터들을 묻어 주자. 내가 모종삽 들고 갈게.

나 장례식 꼭 해 보고 싶었거든. 뒷산에 가자. 아빠랑 등산 가는 길 내가 알아. 손전등 가져가야겠다. 좋은 생각이 났어. 우리 집에 빈 코코아 통 있어. 그걸 관으로 쓰는 거야. 십자가도 만들어야겠다. 나무젓가락으로 만들면 되겠지? 햇빛이 잘 드는 땅에 묻어야 해. 또 뭐가 필요할까. 골든 사진 있어? 사진 있으면 좋은데. 어쩔 수 없지. 또 좋은 생각이 났어. 주황이, 초록, 남이 말이야. 걔네들을 뒷산에서 키우자. 우리 집에 있는 견과류 가져갈게. 골든 무덤 옆이 좋을까? 아기들이 엄마 무덤에 찾아오고 싶을 수도 있잖아. 우리만의 비밀 장소에 상자를 숨겨 두고 아기들을 키우는 거야. 아침과 저녁에 한 번씩 들러서 보살피면 돼.

윤하야. 근데 언제 올 수 있어? 초록이 목에 상처가 있는데 죽을까 봐 겁나.

아, 그렇구나. 그럼 연고랑 반창고 가져갈게. 근데 엄마가 있어서 지금은 못 나가. 엄마가 이따 오빠 학원에 데려다주러 나가거든. 그럼 바로 나갈게. 엄마가 나 문제집 다 푼 거 사진 보내라고 했으니까 문제집만 풀어 놓으면 돼. 이제 두 장 남았는데 아, 너무 하기 싫은데 빨리 해야겠다. 엄마만 나가면 나도 나갈 수 있어. 미주야, 조금만 기다려. 엄마만 나가면 바로 갈게.

전화가 끊어진다. 미주가 시린 손을 비빈다. 윤하가 햄스터

박사라서 다행이다. 초록의 등을 쓰다듬는다. 온기가 남아 있다. 미주는 윤하를 기다린다. 초록이 죽기 전에, 아빠와 선생님에게 발각되기 전에 윤하가 자신을 찾아주기를, 윤하 엄마가 어서 외출하고 윤하가 문제집을 끝내기를 기다린다.

작가의 말

 이 이야기는 수년 전 해봉이라는 햄스터를 만나면서 시작되었다. 내 돌봄을 극진히 받던 해봉이는 어느 날 집 안에서 홀연히 사라졌다. 이 작은 아이가 어디서 무슨 고생을 하고 있을지 너무 걱정이 됐다. 온 집을 다 뒤졌지만 결국 해봉이는 (당시엔) 나타나지 않았다.

 서서히 그런 생각이 들었다. 해봉이는 자립할 준비를 마치고 씩씩하게 집을 나간 것이 아닐까. 준비가 안 된 건 해봉이가 아닌 나였으며 내가 그 아이를 돌본 게 아니라 그 반대였다고. 누군가를 돌본다는 것은 어떤 것일까. 어떤 것이어야 할까. 좁게는 인생의 어느 시기에, 넓게는 매 순간 돌봄을 주고

받는 우리 스스로에게 묻고 싶었다. 또한 돌봄의 세계에서 자립의 세계로 나아가야 하는 작고 약한 존재들을 응원하는 마음으로 이 소설을 썼다.

나는 낮에는 생업을 꾸리고 밤에는 소설을 쓰는 작가 지망생이었다. 찾는 것을 얻지 못해 전전긍긍하던 나날이었다. 돌이켜보면 '햄스터 3부작'이라고 이름 붙인 「달려라 햄스터」, 「햄스터 잠들다」, 「돌아온 햄스터」를 쓰면서 그 시간을 무사히 지나올 수 있었다. 1장부터 3장까지의 이 제목은 존 업다이크의 '토끼 연작'에서 가져왔으며 내용은 아무 관련이 없음을 밝힌다.

재작년 교실에서 안타깝게 돌아가신 젊은 선생님의 사건이 「삭고 귀엽고 통제 가능한」과 「골든」을 쓰는 계기가 되었다. 함부로 쓴 건 아닌가 하는 무게감과 현실을 제대로 담아내지 못한 건 아닐까 하는 자괴감으로 마음이 무겁다. 그럼에도 이 이야기를 내놓는 까닭은 내 나름대로 애도의 표현이자 현장의 많은 교사들이 짊어진 무력감을 조금이나마 덜길 바라는 마음에서이다. 순전히 창작일 뿐인 이 작품들이 누구에게도 누가 되지 않기를 바란다.

다섯 편의 소설이 완성되는 동안 나는 지망생에서 등단 작가가 되었다. 이제 첫 책이 나온다는 것이 기실 실감나지 않지만 혼자서는 절대 해낼 수 없는 일이었다.

지난한 습작의 시절부터 지금까지 함께 걸어온 문우들에게 감사드린다. 박이강, 오선호, 김수영, 원초이, 이릉 작가님. 이제는 모두 등단이라는 문턱을 넘었지만 여전히 울퉁불퉁한 이 길을 함께 걷고 있다. 또한 첫 소설의 출간에 아낌없이 도움을 주신 달걀머리의 안덕희 대표님과 고요한 작가님께도 감사드린다. 작품을 눈여겨봐 준 민음사의 박혜진 편집자님께 크나큰 감사를 드린다.

햄스터 해봉이와 나의 학생으로 만난 많은 어린이들이 아니었다면 이 책은 나오지 못했을 것이다. 그들의 바닥나지 않는 에너지와 무한한 귀여움에 찬사를 보낸다. 누구보다 사랑하는 딸 민지에게 감사하다. 그녀는 글을 쓰라며 자주 잔소리해 주었고 존재만으로도 내 창작의 끊이지 않는 원천이 되어 주었다.

2025년 초여름
도수영

작품 해설

통제의 욕망과 불가능한 충동의 사이에서

임지훈(문학평론가)

　내가 키운 햄스터의 이름은 '노랑이'와 '밤톨이'였다. 녀석은 작고 귀여운 골든 햄스터였다. 아쉽게도 통제 가능하진 않았다. 작은 반투명 플라스틱 케이지에 두 마리를 함께 키웠는데, 사이가 썩 좋지는 않았다. 나는 어린 마음에 그 두 마리가 함께 살면 당연히 금슬 좋은 부부처럼 지내리라 생각했지만, 녀석들은 항상 서로 외떨어진 곳에 숨어 해바라기씨나 까먹을 뿐이었다. 내가 생각하는 귀엽고 다정한 동물들의 모습을 녀석들은 좀처럼 보여 주지 않았다.

　어쨌든 작은 세상에 둘만 남겨진 '노랑이'와 '밤톨이'는 새끼까지 낳기는 했다. 문제는 그다음이었다. 귀여운 마음에 새끼들을 무턱대고 쓰다듬고 만지고 했더니, 이 두 놈이 새끼한테서 사람 냄새가 난다고 물어 죽인 것이다. 그것도 일곱 마리 중에 무려 네 마리나. 죽은 새끼들은 만신창이가 되어 있었다. 물어뜯긴 탓에 마치 누군가 파먹은 것처럼 끔찍한 몰골이었다. 그 후로 나는 햄스터에 대한 흥미를 완전히 잃어버리고 말았다. 햄스터라는 동물은 내가 생각하고 기대한 것과는 너무 달랐으니까.

햄스터뿐일까. 거북이, 강아지, 고양이, 병아리, 토끼……. 나는 어릴 때 꽤 많은 반려동물을 키웠다. 처음에는 손수 밥도 주고 산책도 시키고 재워 주기도 했지만, 결과적으로 녀석들을 키우는 건 할머니의 몫이 되곤 했었다. 녀석들에 대한 흥미가 사라지지 않더라도, 어린 나에게 세상은 '더' 재밌는 것들로 가득 차 있었으니까. 가정용 게임기라든지, 친구들과 골목에서 하는 역할 놀이나 보물찾기, 형들과 어른들 몰래 오르던 동네 뒷산 등등. 내가 녀석들에게 다시 관심을 갖는 건 할머니가 넌지시 '얘 이제 오래 못 살겠다'라고 말해 줄 때 정도였다.

물론 개중에는 꽤 오래 살았던 녀석들도 있다. 새끼를 다섯 마리나 낳은 초롱이라든지(새끼들은 도저히 집에서 다 키울 수가 없어 개장수에게 팔려 나갔다), 잠시 한눈판 사이에 장닭이 되어 있었던 병아리들이라든지, 할머니와 함께 누워 텔레비전 보는 걸 즐기던 양이라든지(생각해 보면 나보다 이 녀석이 할머니에게 효도를 더 많이 했던 것 같다). 툭하면 장판과 전선을 갉아먹던 토끼들은 늘 여름을 넘기지 못했지만.

사실 반려동물과 함께하는 삶이라는 게 마냥 행복하진 않다. 처음 볼 때엔 그저 귀엽고 사랑스럽던 대상들이지만, 생활의 일부가 되는 순간 문제가 발생하기 때문이다. 첫째로는 울음소리. 키우기 전엔 모르는 사실이지만, 동물들은 생각보다 시끄럽다. 둘째로 녀석들은 아무거나 무턱대고 앙! 하고 깨물고 만다. 사람이든 가구든 뭐든 말이다. 그렇다 보니 아이와 함께 사는 집에서는 동물을 키운다는 게 꽤 위험한 일이기도 하다. 셋째로 배설물. 당연한 이야기지만, 배변을 가려 할 줄 아는 동물은 생각보다 많지 않다. 심지어 사람과 같은 것을 먹이며 키웠다간 녀석들의 배변 냄새가 엄청나게 지독해진다.

이런 것들은 좀처럼 통제할 수 없는 영역이다 보니 많은 사람들이 동물의 그 독특한 습관들을 불편으로 받아들이게 된다. 나는 어땠냐고? 별반 다르지 않았다. 애정이 식는 속도는 불편과 비례하기 마련이니까. 귀엽고 사랑스러운, 하지만 내 말을 듣지 않는 대상과 함께하는 삶이란 자칫 지옥으로 떨어지기 일쑤다. 물론 한편으로 축복이고 아름다운 일이지만, 다른 한편으로는 그만큼의 불편과 함께 머무는 일이기도 하니 말이다. 그렇기에 우리는 불편을 최소화하기 위해 대상을 통제하길 원하고, 대상이 내가 바라는 예쁜 모습으로만 존재해 주길 바라게 된다.

 하지만 당연하게도 우리와 함께하는 그 모든 사랑스러운 대상들은 우리가 원하는 대로만 행동하지는 않는다. 말 자체를 이해하지 못하는 것이든, 알아들으면서 모르는 체하는 것이든 말이다. 그러므로 대개의 '반려'와 '함께'의 문제는 소유와 통제에 대한 욕망으로 오염되기 십상이고, 그러한 욕망은 예기치 못한 파국을 불러오기도 한다. 마치 이 소설에 담긴 이야기들처럼.

 소설은 크게 두 가지의 축으로 이어져 있다. 하나는 동물과 사람, 다른 하나는 사람과 사람. 한쪽이 다른 한쪽을 보살피며 원활한 돌봄을 위해 통제하길 원하는 양상이 개별적인 이야기들에서 거듭 반복된다. 돌봄을 수행하는 입장에서는 오래도록 "작고 귀엽고 통제 가능한" 대상으로 남아 주기를 바란다. 하지만 돌봄을 받는 대상들은 작고 귀여울 수는 있어도 통제 불가능한 모습을 보여 주며, 이야기의 핵심적인 갈등을 형성한다. 돌봄을 받는 대상들 역시 돌봄을 수행하는 주체가 갖는 욕망만큼이나 거대한 자기만의 충동에 사로잡혀 있기 때문이다.

 가령 세 번째 에피소드인 「달려라 햄스터」 부분을 잠시 살펴보자면, '혜원'은 햄스터가 된 '현수'를 돌보며 그가 자신의 욕망에 충족되는 대상으로 머물러 주길 바란다. 사실 '혜원'

이 바라는 건 그리 큰 것은 아니다. 그저 '현수'가 햄스터로서 충실하게 작고 귀여운 모습으로 오래도록 사랑스러운 대상으로 남아 주길 바랄 뿐이다. 그렇기에 '혜원'은 '현수'를 위해 그의 집을 돌봐주고 먹이를 주고 때로는 그와 대화를 나누며 그의 생활 전반을 책임져 준다. '현수' 또한 자신의 예전 삶을 떠올리며 '혜원'의 돌봄에 큰 만족을 느낀다.

> 케이지는 안락했다. 톱밥도 모래도 늘 보송했다. 심심할 땐 나무토막에 이를 갉았다. 강하게 약하게 박자를 맞춰 갉았다. 혼신을 다해 갉거나 가끔은 예술혼을 불태워 아름다운 무늬를 새겼다. 무엇이든 좋았다. 현수가 해먹에 널브러져 있으면 혜원이 다가와 먹이를 주었다. 신선하고 맛있었다. 새로운 먹이를 입에 물고 1, 2층을 구석구석 뛰어다녔다. 배불리 먹고 나면 혜원은 손가락으로 현수를 부드럽게 애무해 주었다. 현수가 축 늘어지면 혜원은 사랑스러운 눈길로 바라보면서 한껏 더 구석구석 만져 주었다. 현수는 이것에 거의 중독되었다. (79쪽)

위에 묘사된 것처럼, '현수'는 자신의 삶에 꽤 큰 만족감을 느낀다. 말이 소설가 지망생이지 백수에 불과한 삶을 살며 자신을 둘러싼 여러 문제에 시달리던 '현수'에게 햄스터로서의 삶이란 꽤나 만족스러운 것이다. 그렇기에 현수 또한 "분에 넘치는 생활이었다"고 말하며, 드디어 자신이 오래도록 바라온 "죽을 때까지 '먹고 노는 삶'이 완성되었다"고 말하며 만족감을 표시한다. 아닌 말로, 반지하에 살던 그가 브랜드 아파트에서 아무런 노동도 하지 않고 일방적인 돌봄을 받으며 살아가게 되었으니, 만족스러울 수밖에.

소설을 완성해야 해요. 현수가 혜원에게 말했다.

소설? 혜원은 고개를 갸웃했다. 소설, 이라는 단어를 오랜만에 떠올린 듯 시간이 걸렸고 순간 눈빛이 후퇴하는 것처럼 흐려졌다.

소설 쓰려고?

혜원은 현수를 꺼내어 손바닥에 올려놓고 승모근을 주무르기 시작했다.

네.

현수는 자신도 모르게 비굴한 웃음을 띠며 말했다.

다 좋은데 그게, 자꾸 생각나요.

소설 써서 뭐하게. 누가 읽어 준다고. 쓰느라 골치만 아프지.

로션 냄새가 조금 거슬렸지만 견갑골을 문지르는 손길은 섬세했다. 현수는 눈을 지그시 감고 잠꼬대하듯 중얼거렸다.

맞아요. 근데 악몽을 자꾸 꿔요. 쓰다 만 것 때문에 그런가 싶어서요. 그것만 완성하면 괜찮을 것 같아요.

쓰다 만 소설이 떠올랐다. 무시할 수 있을 줄 알았다. 하지만 깨알처럼 작았던 욕망은 시간이 지날수록 사라지기는커녕 떡잎을 틔우고 굵은 줄기를 뻗어 현수의 안온한 삶을 조금씩 옭아매고 있었다. 소설을 완성하고 나면 귀찮은 이 욕망도 뿌리 뽑힐 거라 믿었다. (80~81쪽)

문제는 이것이다. '현수'가 보통의 햄스터와 달리 '소설 쓰기'의 욕망에 시달리는 햄스터라는 것. 그렇기에 부족할 것 없는 '현수'의 햄스터라이프에는 자그마한 균열이 생긴다. 물론 그러한 균열이 처음부터 '현수'의 삶을 송두리째 파괴하는 그런 것은 아니다. 다만 아주 작은 균열을, '현수'를 얼마든 통제할 수 있을 거라 생각한 '혜원'의 마음에 아주 작은 의심과 의혹의 불씨를 당겼을 뿐이다.

햄스터인 '현수'가 자기만의 충동에 시달린다는 것, 이것은 대상을 통제하길 원하는 '혜원'의 욕망과 정면으로 충돌하는 문제다. 물론 초기부터 '혜원'이 '현수'의 충동을 막고자 골몰한 것은 아니다. 오히려 '혜원'은 현수의 "그것만 완성하면 괜찮을 것" 같다는 말에 귀를 기울여 준다. 하지만 이 관계는 '소설'로 인해 점점 악화되기 시작하는데, 가령 '현수'는 "소설이 잘 쓰일 때 혜원이 찾으면 내심 귀찮"음을 느끼기도 한다.

둘의 욕망과 충동의 충돌이 표면으로 드러나는 것은 아이러니하게도 소설이 완성된 순간이다. '혜원'의 도움으로 소설을 완성시킨 '현수'는 소설을 보여 주는데, '혜원'은 그가 쓴 소설을 마음에 들지 않아 한다. 첫 번째 에피소드인 「돌아온 햄스터」에서 요구한 내용과 다르다는 것이 그 이유다. '혜원'은 소설의 결말이 햄스터의 탈출로 끝나는 것을 '현수'가 자신을 힐난하는 것으로 받아들여 그를 거세게 몰아붙이고, '현수'는 소설은 소설일 뿐, 현실과는 다르다고 항변한다. 하지만 과연 소설과 현실은 완전하게 분리되어 있을까? '현수'가 쓴 소설을 읽는 '혜원'에게 그 내용은 자신의 행동에 대한 힐난으로 받아들이기에 충분한 것이지 않을까?

소설의 결말을 두고 벌어진 둘의 대립은 겉으로 보기엔 취미와 취향 차원의 사소한 문제인 것처럼 보인다. 하지만 이는 결과적으로 '혜원'의 욕망과 '현수'의 충동이 양립 불가능하다는 사실을 보여 준다. 물론 '현수'는 '혜원'과의 동거를 위해 자신의 충동을 억제하고 그의 욕망에 충실하고자 노력하는 모습을 보인다. 하지만 그것이 '혜원'의 욕망을 완전히 충족시키지는 못한다는 점과 그가 스스로 억제하려는 충동이 끝내 분출된다는 사실이 중요하다. 그렇기에 '현수'는 자신이 쓴 소설의 결말처럼, '혜원'의 손에서 벗어나 탈주하기에 이른다. 결국 소설의 결말이 '혜원'과 '현수'의 불편한 동거의 결말로, 서사가 현실의 이야기로 이어지는 셈이다.

작고 귀여운, 그러나 통제 불가능한 대상의 충동은 동물의 이야기만이 아니다. 교육과 육아에 있어서도 욕망과 충동의 불편한 동거는 여전히 반복된다. 특히 이야기의 후반부에 해당하는 교사와 학부모와 아이의 삼각 관계에서 이 불편함은 극에 달한다. 교사는 자신의 지식을 바탕으로 아이를 통제하고 교육하려 하지만 아이의 부모는 교사와는 다른, 자신이 원하는 방향으로 아이를 통제하고 훈육하기를 원한다. 결과적으로 아이의 부모는 교사마저 자신이 원하는 방향으로 통제하길 원한다.

교사를 통제하고 싶어 하는 부모에 대해, 교사의 반응은 소설 속에서 크게 두 가지 방향으로 나타난다. 하나는 소설 속에서 단편적으로 등장하는 교감과 같은 사례이다. 그는 부모와 교사 사이에서 중재를 하는 것이 아니라, 부모의 말에 일방적으로 수긍하며 다른 교사도 그렇게 행동하기를 원한다. 그렇게 함으로써 자신의 영역을 지킬 수 있으리는 믿음으로. 그렇기에 교감은 자신과 같이 행동하지 않는 소설 속 교사를 불편해한다. 그가 자신의 믿음대로 통제되지 않는다는 사실이 교감을 내내 불편하게 만드는 것이다. 반대로 교사는 자신을 통제하려는 부모에 대해 자기만의 이유로 수긍과 거부를 오가는 모습을 보인다. 그 또한 조직의 일부이기에 교감의 지시를 따르기는 하지만, "그런 사람에게 고개를 숙일 수는 없다고 생각했습니다"라는 말처럼, 자기만의 충동에 사로잡혀 있는 모습을 보인다.

우리는 이 단편적인 관계들의 모음 속에서 무엇이 진정 옳고 그른 것인지 확답할 수 없다. 어떤 것이 아이를 위하는 길인지도 알 수 없으며, 아이가 원하는 바대로 행동하는 것이 옳은지, 아니면 교사나 학부모가 원하는 방향대로 따라가는 것이 옳은 것인지도 알 수 없다. 보다 명확하게 말하자면, 그들은 각기 다른 옳음을 지시하지만, 그 가운데 정말로 '옳은' 것이 있는지조차 판단하기 어려운 것이다. 그들은 모두 각기 다른 자기만의 욕망을 지니고 있으며 자기만의 충동에 사로잡혀 있다는 사실만 단편적으로 알 수 있을 뿐이다.

이는 아이들의 입장에서도 마찬가지이다. 아이들은 자신을 통제하려는 부모나 교사의 말에 표면적으로 수긍한 듯 행동하지만, 이러한 행동이 아이들이 타인의 통제 속에 온전히 순응하고 있음을 의미하지는 않는다. 교사의 통제에도 불구하고 교실 뒤편의 햄스터를 향해 온통 정신이 팔려 있는 아이들의 모습이나 자기들만의 세계에서 자기들만의 이유로 관계를 형성하는 '윤하'와 '미주'의 모습처럼 말이다. 물론 아이들은 대체로 자신들을 통제하고 훈육하는 교사와 부모의 지시를 성실히 이행하려 하지만, 그들 또한 자기만의 이유로 때때로 금지된 일을 수행하기도 하는 것이다. 가령, '윤하'를 위해 노랑이를 학교에 데려온 '미주'처럼, 혹은 '미주'와 놀지 말라는 부모의 말에 교묘하게 응수하는 '윤하'의 모습처럼.

아, 그렇구나. 그럼 연고랑 반창고 가져갈게. 근데 엄마가 있어서 지금은 못 나가. 엄마가 이따 오빠 학원에 데려다주러 나가거든. 그럼 바로 나갈게. 엄마가 나 문제집 다 푼 거 사진 보내라고 했으니까 문제집만 풀어 놓으면 돼. 이제 두 장 남았는데 아, 너무 하기 싫은데 빨리 해야겠다. 엄마만 나가면 나도 나갈 수 있어. 미주야, 조금만 기다려. 엄마만 나가면 바로 갈게. (166쪽)

인용한 부분은 부모와 함께 있는 '윤하'가 '미주'를 외면하고 나서, 소설의 가장 마지막 단락에서 몰래 '미주'에게 연락을 하는 대목이다. "엄마들은 미주를 좋아하지 않기 때문"이라는 '미주'의 말처럼, '윤하'의 부모 또한 '미주'가 자신의 자녀와 어울리는 것을 좋아하지 않는다. '미주'는 정상 가족에 속해 있지 않으며, 부유한 집안도 아니기 때문이다. 다른 부모가 원하는 삶과 다른 형태의 삶을 살아가고 있는 '미주'는 그들에게 내 아이에게는 차마 일어나서는 안 되는 끔찍한 미래나 다름없을 것이다.

하지만 '윤하'는 다르다. '윤하'에게 있어 '미주'는 자신의 취향과 관심을 공유할 수 있는 대상이자, 자신의 삶에서 발생하고 발견되는 소소한 일상을 공유할 수 있는 동행자이기 때문이다. 때문에 '윤하'와 '미주'는 서로를 위로하고 죽은 햄스터들을 위한 사후 처리를 함께 고민하며 관계를 형성한다. '미주'는 '윤하'를 기다리고, '윤하'는 '미주'를 위해 자신의 알리바이를 만든다. 무엇이 그들로 하여금 이와 같은 행동을 하게 만들까? 어쩌면 이건 욕망의 문제가 아니라, 상대가 자신을 통제하려 하지 않기 때문인지도 모른다. 다른 어른들은 모두 자신들을 통제하길 원하지만, 같은 또래인 서로는 서로에게 통제가 아닌 대화와 나눔을 실현하려 한다는 사실이 이들에게 다른 행동을 추구하게 만드는 셈이다.

물론 이 둘의 관계만이 정상적이며 이상적인 관계일지는 알 수 없는 일이다. 그러한 관계가 얼마나 지속될 수 있을지도 절반쯤 미지수다. 하지만 소설 속에 나타난 모든 관계가 통제의 욕망과 자기만의 충동 사이에서 균열로 이어졌던 것을 생각해 보자면, '미주'와 '윤하'의 관계는 그러한 균열로부터 조금은 자유로워 보이는 것이 사실이다. 적어도 이들은 서로를 통제하려 하는 대신, 자신을 통제하는 이들에 대한 이야기를 공유하고 취향을 나눌 수 있는 가능성을 지니고 있기 때문이다. 그러니 우리는 이들의 관계가 '혜원'과 '현수'의 관계나 교사와 부모의 관계, 혹은 부모와 아이들의 관계와는 다른 방향성을 지니리라는 것을 쉽사리 예측할 수 있다. 관계는 욕망과 충동의 충돌 사이에서 어느 한쪽의 승리로 지속되는 것이 아니라, 그 어떠한 통제의 욕망도 존재하지 않을 때 가능성의 형태로, 미래를 향한 방향으로 있을 수 있는 것이다.

이쯤 되면 오히려 이런 질문이 떠오를 법하다. 우리는 왜, 작고 귀여운 대상들을 그토록 통제하길 원했을까. 마치, 대상에게서 나를 불편하게 만드는 부분을 제거하고 나면 내 욕망을 온전히 만족시킬 완전한 대상이 될 것이라는 것처럼 말이다. 그렇기에 우리는 훈육이나 교육이라는 이름으로 대상을 거세시키고 성격을 바꾸고 행동을 교정하길 원하지만, 그 결과 우리가 마주하게 되는 것은 완전한 욕망의 대상이 아니라, 처음과는 달라져 버린 모습의 '작지도 귀엽지도 않은 단지 통제만 가능할 뿐인' 대상일 것이다. 그러니 '반려'와 '함께'는 결국 자신의 욕망을 충족시켜 줄 수 있는 방법이 아니다. 그것은 오히려 '나'를 불편하게 만드는 대상과 함께하기를 선택하는 것, 그리하여 대상의 불편함을 대상 그 자체의 속성으로 받아들이는 숭고한 희생에 가깝다. 그래, 너는 그런 사람이고 그런 동물이지. 별 수 없지. 하지만 적어도 나와 너는 나눌 수 있는 것이 있지. 모든 관계가 충돌과 파국을 빚어내는 속에서 유일한 것으로 남겨진 '미주'와 '윤하'의 관계를 자신도 모르게 응원하게 되는 것은 바로 이러한 까닭일 것이다. 딱 그 정도의 선에서도, '관계'란 형성되고 지속될 수 있는 것이므로. 완전한 소유도, 통제도 아닌, 바로 딱 그 정도의 선에서.

오늘의
젊은 작가
49

작고 귀엽고 통제 가능한

도수영 장편소설

1판 1쇄 찍음 2025년 5월 23일
1판 1쇄 펴냄 2025년 6월 6일

지은이 도수영
발행인 박근섭·박상준
펴낸곳 (주)민음사

출판등록 1966. 5. 19. 제16-490호
주소   서울시 강남구 도산대로1길 62(신사동)
          강남출판문화센터 5층(06027)
대표전화 02-515-2000 | 팩시밀리 02-515-2007
홈페이지 www.minumsa.com

ⓒ 도수영, 2025. Printed in Seoul, Korea

ISBN 978-89-374-7397-5 (04810)
ISBN 978-89-374-7300-5 (세트)

* 잘못 만들어진 책은 구입처에서 교환해 드립니다.

당신이 소장해야 할 한국문학의 새로움, 오늘의 젊은 작가 시리즈

01 아무도 보지 못한 숲　조해진

02 달고 차가운　오현종

03 밤의 여행자들　윤고은

04 천국보다 낯선　이장욱

05 도시의 시간　박솔뫼

06 끝의 시작　서유미

07 한국이 싫어서　장강명

08 주말, 출근, 산책: 어두움과 비　김엄지

09 보건교사 안은영　정세랑

10 자기 개발의 정석　임성순

11 거의 모든 거짓말　전석순

12 나는 농담이다　김중혁

13 82년생 김지영　조남주

14 날짜 없음　장은진

15 공기 도미노　최영건

16 해가 지는 곳으로　최진영

17 딸에 대하여　김혜진

18 보편적 정신　김솔

19 네 이웃의 식탁　구병모

20 미스 플라이트　박민정

21 항구의 사랑　김세희

22 두 방문객　김희진

23 호재　황현진

24 방콕　김기창